Cometas
y
deseos

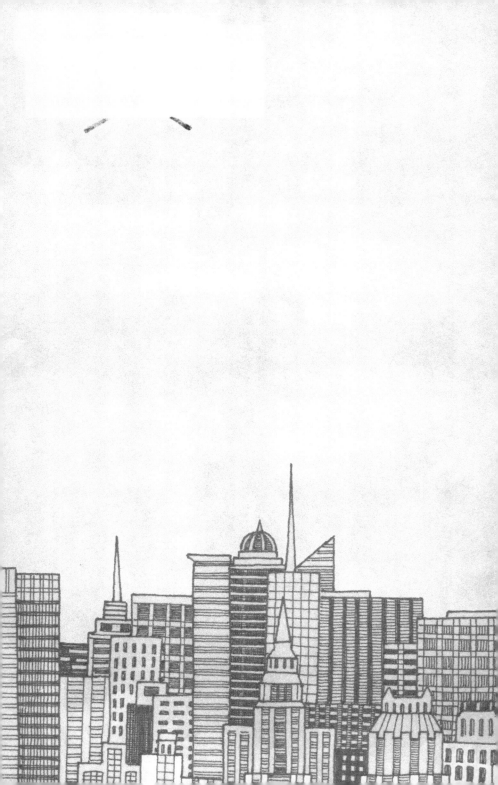

Cometas y deseos

PAUL MOSIER

harperkids

Título original: *Echo's Sister*

Editado por HarperCollins Ibérica, S.A., 2019
Núñez de Balboa, 56
28001 Madrid
www.harpercollinsiberica.com

© del texto: Paul Mosier, 2018
© de la traducción: Sonia Fernández-Ordás, 2018
© Publicado por primera vez por HarperCollins Publishers

Ilustración de cubierta: Sveta Dorosheva
Diseño de cubierta: Jessie Gang
Adaptación de cubierta: equipo HarperCollins Ibérica
ISBN: 978-84-17222-37-6
Depósito legal: M-40167-2018

Para Harmony Sea Mosier

1

HOY ES EL primer día de clase y va a ser fantástico.

Así lo creo mientras estoy sentada en la taza del baño del segundo piso de la Academia de Artes del Village, en la ciudad de Nueva York, repasando la página de mi pequeña agenda donde he escrito una lista de cosas para decir a mis nuevos compañeros. Seguro que las frases de mi lista, elaboradas con cuidado, dejan boquiabiertos a todos estos chicos nuevos.

Bueno, técnicamente no son nuevos. Tan solo lo son para mí. Toda la vida he ido a un colegio público, pero ahora estoy a punto de empezar la ESO en esta academia de artes privada.

Voy a hacer nuevos amigos muy diferentes siempre y cuando siga al pie de la letra la lista de cosas que debo decir y evite que la conversación se desvíe hacia derroteros peligrosos, como el dinero. En general, los alumnos de esta academia tienen mucho más dinero que mi familia. Nosotros apenas podemos permitirnos vivir en Manhattan, por mucho que mi madre sea una diseñadora de moda casi famosa. La mayoría de los padres de mis nuevos compañeros trabajan en Wall Street. Probablemente los traigan a clase en limusina, mientras que nuestro plan es que papá me acompañe andando todas las mañanas.

No entiendo muy bien por qué todo es tan caro en el centro, pues los apartamentos son diminutos y destartalados. Por lo menos el nuestro. Dice papá que la expresión correcta para caro, diminuto y destartalado es «con encanto». Y parece que mamá está de acuerdo. Supongo que nuestro barrio, que se llama Greenwich Village, es bastante coqueto, con árboles en las aceras y todo. Antes de que papá y mamá nos tuvieran a mí y a Eco —mi hermana pequeña—, quizá resultaba mucho más espacioso. Ahora somos cuatro personas apiñadas en un apartamento que a duras penas podemos permitirnos pagar y que, de ninguna manera, podemos permitirnos dejar.

Primero de ESO es el curso de la buena suerte, así que estoy segura de que la Academia de Artes del Village no va a venirse abajo, a pesar de tener ya ciento cincuenta años. Por lo menos mientras esté yo en primero, el curso de la suerte. Y la verdad es que esta academia no presenta ningún problema que no pueda arreglarse con una inversión de un millón de dólares en desinfectante. Sobre todo en los aseos. Este hecho ocupa un lugar central en mis pensamientos mientras sigo sentada en el inodoro repasando la lista de cosas que decir para causar una buena impresión a mis nuevos compañeros.

Además de No menciones para nada el dinero, mi lista incluye No elogies la ropa de nadie. Todos llevamos el mismo uniforme, así que es obvio que sonaría absurdo. Y si elogiara la ropa de alguna chica también estaría elogiando la mía, lo que me haría parecer una creída.

Mi lista también dice No preguntes dónde están los baños. Esto será facilísimo de cumplir, puesto que ya estoy en uno. Lo único que necesito es recordar el camino de vuelta cuando salga. Sentarse en el inodoro es un buen ejercicio para poner en orden las ideas y hacer acopio de valor, siempre y cuando nadie tenga la impresión de que paso demasiado tiempo aquí metida, como si me ocurriera algo.

No es que me dé vergüenza, como si fuera la única persona que necesita usar el aseo. Lo que pasa es que en las películas y los dibujos animados los personajes nunca tienen que hacer pis. Así que resultaría incómodo si alguien se diese cuenta.

Uno de los puntos clave de la lista es No te presentes como Lucero, que es el nombre que mis padres eligieron para mí. Yo prefiero que me llamen Ele, la letra. Cuando las demás chicas lo oigan, creerán que me llamo Elle, con lo cual la primera impresión será que acabo de salir de las páginas de una revista de moda, aunque lleve la misma ropa que el resto de la academia.

Pero ¿será buena idea dar la impresión de que acabo de salir de las páginas de una revista de moda? Vuelvo unas hojas atrás para revisar un apunte anterior en mi pequeña agenda y lo añado a la lista de cosas que reconsiderar.

Al leer Lucero recuerdo que tengo que hablar con mi profesor de primera hora antes de que pase lista para que no me llame por mi verdadero nombre. Solo quedan tres minutos para que suene el timbre, así que tiro de la cisterna aunque no haya hecho pis para que las otras chicas que están en los lavabos no vayan a pensar que estaba allí encerrada sin hacer nada, como si fuese el vórtice mágico de un unicornio.

Antes de cerrar mi agenda, me doy cuenta de que lo único que he apuntado son cosas que NO tengo que decir, excepto ¡Hola!

Bueno, eso es bastante fácil de recordar.

¡Hola!

Tacho los signos de exclamación con el lápiz para no parecer demasiado impetuosa.

Hola.

De pronto me doy cuenta de que he dicho «Hola» en voz alta dos veces mientras repasaba la lista, así que ahora tengo que fingir que estoy hablando por teléfono para que las otras chicas que están utilizando el aseo no crean que soy una persona que se sienta en el inodoro y se saluda a sí misma, aunque sea justo esa la impresión que debo de estar dando.

—Sí sí, estoy en la academia, preparándome para mi primera clase. Ajá. Sí. Vale. ¿En serio? ¡No me lo puedo creer! Sí. Perfecto. Genial. Estaría guay. Vale. *Ciao!*

Quizá me he pasado con la conversación, que es del todo falsa. Mentalmente imaginaba estar hablando con Maisy, mi mejor amiga de mi antiguo colegio y de toda la vida, pero la verdad es que hace semanas que no hablo con ella porque se ha pasado en Francia casi todo el verano.

También quiero que Maisy crea que todo va a salir genial en mi nuevo centro y me ha costado trabajo que mi voz sonara convincente. Llevo algún tiempo preocupada pensando que lo mismo no hago nuevos amigos y estoy segura de que Maisy notará la preocupación al oír mi voz. Mis padres ni siquiera me dejan traer el teléfono a la academia, creen que soy única perdiendo cosas por ahí.

Por fin cierro mi pequeña agenda, la guardo en el bolsillo de la blusa y espero medio minuto para que a las otras chicas que están en los lavabos les dé tiempo de olvidarse de lo que acaban de oír. Me pongo en pie, me aliso la falda y la blusa del uniforme, me echo la mochila al hombro, descorro el pestillo y salgo con aire despreocupado.

Evito mirar a los ojos a las seis o siete alumnas que charlan delante del espejo mientras me lavo las manos. Dirijo una mirada rápida a mi cara, a mi pelo castaño claro y a mis ojos verdes, después me limpio restos de chocolate de la comisura de la boca, porque no estaría nada bien dar envidia a todo el mundo por haber desayunado un dónut de chocolate.

A continuación recorro el pasillo a toda prisa, mientras procuro no levantar mucho los pies del suelo de madera para que no parezca que corro, aunque eso es prácticamente lo que hago. Luego entro en el aula 211 y me dirijo a paso ligero a la parte delantera de la clase, donde un hombre guapísimo espera de pie. Pero me da igual lo guapo que sea, porque los chicos no me impresionan.

—Hola —saluda.

—Hola —respondo.

Tiene el pelo ondulado y oscuro y una sonrisa de emoticono. Lleva coderas en las mangas de la cazadora.

—¿Estás en mi clase de primera hora?

—Sí —empiezo, y bajo la voz—. Y quería avisarle de que hay un error en mi nombre.

—¡Ah! ¿Y cuál es el error? —pregunta con la cabeza ladeada.

Me inclino más hacia él.

—En la lista pone que me llamo Lucero, pero en realidad me llamo Ele.

—¿Lucero? —repite en un tono demasiado alto.

Hago una mueca.

—Por favor, llámeme Ele cuando pase lista.

El hombre sonríe.

—¿Y si me limito a hacer como que miro a las estrellas y tú levantas la mano desde tu pupitre?

Intento no sonreír porque necesito que sea consciente de lo importante que es esto para mí.

—De acuerdo, señorita Ele —dice—. Por favor, tome asiento, ya es casi la hora de...

Lo interrumpe el sonido del timbre, largo y estridente. Sonríe y le devuelvo la sonrisa, no porque sea guapo y encantador, sino porque es lo que debe hacerse cuando alguien te sonríe.

Cuando me doy la vuelta, todos los pupitres están ocupados menos uno de la primera fila, que era precisamente donde menos me apetecía sentarme. Sería distinto si el último sitio libre estuviera en primera fila junto a la puerta, pero es que está justo en el centro, como si fuera el mascarón de proa de la clase.

—Este está libre.

Quien me lo indica es una chica sonriente que señala el pupitre a su derecha. El del mascarón de proa. Frunzo el ceño. No sé muy bien si está sonriendo porque es agradable o porque es cruel y plenamente consciente de que es el peor sitio de la clase.

Me siento en la silla, que está unida al pupitre de madera, y me hundo todo lo que puedo sin llamar la atención.

Superprofe se vuelve de espaldas a la clase y empieza a escribir en el encerado, que debe de ser tan viejo como el propio edificio. La tiza golpetea y chirría.

El hombre se gira de nuevo hacia nosotros y sonríe. Veo el nombre que ha escrito en la pizarra y me quedo boquiabierta. Oigo un murmullo general a mi espalda.

—Buenos días y bienvenidos a vuestra clase de literatura de primero de ESO. Soy el señor Desastre, una desafortunada herencia de mis antepasados, que se ganaban la vida buscando comida en las ciénagas de Centroeuropa. Por lo general, el anuncio de mi nombre es recibido con un coro de... —hace una pausa y me mira directamente con las cejas levantadas— carcajadas centelleantes como luceros. Así que preferiría que me llamarais señor D.

Se gira hacia el encerado y borra todas las letras de su nombre excepto la D.

Me enderezo en mi asiento. Definitivamente, este va a ser el mejor curso de mi vida, y —en el peor sitio o no— la clase de literatura de primero de ESO con el señor D va a ser mi favorita.

El resto de la clase de literatura va sobre ruedas. Empezamos con una unidad didáctica sobre Emily Dickinson, que quizá sea mi poetisa favorita. Sus poemas nunca te dejan de sorprender, aunque los hayas leído un millón de veces. Pero no dejo que nadie de la clase se entere de que ya los he leído un millón de veces, porque no estoy segura de si mis compañeros lo considerarán muy guay.

Suena el timbre y toda la clase se pone en pie entre ruidos de cremalleras de las mochilas y de las sillas contra el suelo de madera. Como estaba absorta en la explicación, soy la última en meter las cosas en la mochila y la última en salir del aula. Sonrío al señor D y me devuelve la sonrisa cuando salgo para enfrentarme al resto de mi primer día.

Me deslizo sin hacer ruido entre las vitrinas de trofeos, que no tienen figuras de atletas porque la verdad es que en esta academia no se hace mucho deporte. Así que si sigo ganando torneos de tenis tendré que hacerlo en el club donde papá y mamá me apuntaron al empezar el verano. Por el contrario, las vitrinas de esta academia contienen fotografías en blanco y negro de profesores con corbata de lazo junto a alumnos de generaciones anteriores que ganaron decatlones académicos o becas artísticas y trofeos que no muestran balones, raquetas ni bates.

Vislumbro por el rabillo del ojo una vieja fotografía en la que sale mi padre de adolescente con pinta de pedante ante un lienzo enorme con un gran pincel en la mano, pero no me paro a observarla. Finjo no haber visto una foto de mi madre, guapísima, sonriendo junto a un maniquí vestido con uno de los primeros diseños que hizo en la academia. Finjo no ver estas cosas porque no quiero que nadie preste atención al hecho de que mis padres hayan estudiado aquí, pues entonces resultaría obvio que solo pueden permitirse el lujo de matricularme en esta academia gracias al descuento que se aplica a los hijos de antiguos alumnos. De todos modos, ya había visto las fotos cuando visité la academia en verano, así que mantengo la nariz apuntando al fondo del pasillo en dirección a mi siguiente clase.

El resto del día es casi perfecto. En matemáticas vamos prácticamente un año de retraso respecto a lo que había dado en el colegio el curso pasado, así que creo que voy a poder vivir de rentas.

En clase de historia hablamos de la civilización minoica, en la que los chicos de mi edad tenían que superar la prueba de saltar entre los cuernos de un toro como rito de iniciación. Creo que el profesor, el señor Grimm, quiere que nos demos cuenta de lo fácil que lo tenemos nosotros sin tener que saltar entre los cuernos de un toro para lograr un aprobado, y estoy segura de que va a ponérnoslo todo lo difícil que pueda. Pero estoy sentada al lado de una chica muy agradable que se llama Emy y que me invita a acompañarla a la cafetería durante el almuerzo, a cuarta hora.

Mamá me ha preparado la comida más rica del mundo: un bocadillo de mantequilla de almendras y mermelada de moras, ensalada de sésamo y unas rodajas de mango. Como con Emy en la cafetería de la planta baja, que tiene unos grandes ventanales a través de los cuales se ve pasar a la gente por la acera. Comparto el mango con Emy y recuerdo que debo ceñirme a la lista de temas de conversación que resultan más seguros. Pero la lista se amplía, porque Emy y yo nos hemos hecho inseparables. En cuanto llegue a casa llamaré a Maisy para contarle lo maravillosamente bien que está resultando todo y que he hecho una amiga nueva genial, pero que no debe preocuparse, porque Emy nunca ocupará su lugar.

En educación física marco un gol jugando al *hockey*, que jugamos en una calle festoneada de árboles mientras unas barreras de color naranja fosforito colocadas a cada lado nos mantienen a salvo del tráfico.

En ciencias, un chico moreno al que podría considerarse guapo —al menos, según el criterio de las chicas que se preocupan por esas cosas— no hace más que mirarme, lo cual no es malo, pero solo porque es mejor eso que el hecho de que nadie se fije en ti. O sea, los chicos a estas edades no pueden evitar ciertas cosas, y que uno de ellos se fije en ti significa que probablemente mi físico no sea espantoso.

A no ser, claro, que esté mirándome porque sí sea espantoso. Saco mi pequeña agenda, busco la página con las cosas sobre las que reflexionar y lo añado. Pero estoy casi segura de que está mirándome porque he activado su radar del coqueteo. A veces los chicos son tan despistados que no son capaces de apreciar imperfecciones graves. Como tener una oreja mucho más alta que la otra.

Supongo que es un detalle por su parte.

De hecho, tener una oreja más alta que la otra es una de mis imperfecciones graves. Esta lista también figura en mi agenda, pero intento no pasar mucho tiempo repasándola. Me mina la moral.

A séptima hora toca dibujo, la profesora es una mujer llamada señorita Número Uno que conoce a mi padre desde aquellos tiempos en que pintaba. La señorita Número Uno no me hace pasar demasiada vergüenza dando importancia al hecho de que conozca a mi padre. Es una suerte, porque es de esas personas capaces de hacerte pasar vergüenza, como suele ocurrir con los artistas. Tiene los brazos cubiertos de tatuajes y unos mechones de punta en su pelo negro que dan miedo; hoy se ha puesto unos vaqueros completamente salpicados de pintura para que todo el mundo sepa que es una artista de verdad. Mira de una manera que parece que está decidiendo si eres lo bastante interesante para plasmarte en un cuadro, a lo que cuesta un poco acostumbrarse.

Tampoco señorita Número Uno es su verdadero nombre. Estoy casi segura de que se trata de un seudónimo para el mundo artístico. Lo más seguro es que se llame Betty Johnson o algo parecido. Pero es obvio que tiene mi apoyo incondicional si quiere que la llamen por un nombre distinto al que le pusieron. Lo entiendo perfectamente.

La señorita Número Uno nos manda hacer lo que ella llama «expresión libre sobre papel prensa» a la vez que mira por las ventanas del cuarto piso, que es la planta más alta de la Academia de Artes del Village. La dibujo mirando por la ventana, y mientras bajo la vista al papel y vuelvo a levantarla hacia ella, compone una pose. Está de perfil a contraluz, como el emperador Napoleón saboreando las mieles del triunfo en la portada de nuestro libro de historia de tercera hora. Mantiene la pose sin moverse como si fuera lo más natural del mundo, aunque sea yo la única que esté dibujándola y todos los demás eviten mirarla a los ojos. La dibujo a carboncillo gris oscuro y me queda bastante bien.

Pero empiezo a arrepentirme de mi elección cuando me doy cuenta de que tenemos que entregarle el trabajo para que lo evalúe. Quizá no fuera consciente de lo ridículo de su pose frente a la ventana, en cuyo caso probablemente no sea buena idea ser la primera en hacérselo ver. Cuando termino, dibujo una sonrisita para restar dramatismo a la pose y para que no piense que soy demasiado buena. Tampoco quiero llamar su atención como alumna particularmente aventajada.

Cuando suena el último timbre ya he recogido todo y estoy lista para irme. Dejo el trabajo encima de la mesa tal como nos indicó y salgo distraída al pasillo dejando atrás el olor a arcilla y a pintura al aceite de linaza.

Me siento como en un sueño. Ha sido el mejor primer día de clase de toda mi vida y va a ser un curso fabuloso.

Escruto el enjambre de alumnos que recorren el pasillo, bajan la ancha escalinata y se dirigen a la galería principal que conduce a la salida, pero no veo a Emy. Tampoco al chico que se quedó mirándome en clase de ciencias. Pero volveré a verlos mañana. Porque esta academia es ahora mi academia, y estos serán mis compañeros y amigos, cada día más.

Cruzo el umbral y salgo a la cálida tarde de septiembre. Bajo los escalones grises hacia la acera.

Mi padre está esperándome.

Me paro en seco.

—¿Qué haces aquí?

Esboza una sonrisa forzada y hace bascular su peso entre los talones y los dedos de los pies.

—Solo quería saber cómo había ido tu primer día.

Frunzo el ceño. Esto no formaba parte del plan. No tenía que venir a buscarme. Se suponía que iba a volver yo sola.

—¿Qué pasa? —pregunto.

Continúa el flujo de alumnos que salen de la academia. Una horrible sensación se apodera de mí, como si el cielo estuviera a punto de desplomarse.

—¿Qué? —insisto.

—Ven.

Tiende los brazos hacia mí para estrecharme contra su pecho.

2

PAPÁ ME LLEVA hasta un restaurante indio de comida rápida a media manzana de la academia. Mientras hace el pedido en el mostrador, me siento frente a la mesa de linóleo manchada de grasa y repaso en mi pequeña agenda la lista de malas noticias que probablemente tendré que escuchar tarde o temprano. Porque estoy más que segura de que voy a escuchar algo de lo que encierran esas líneas.

Soy muy aficionada a utilizar mi agenda para hacer listas. Mi padre dice que son mi singular intento de poner un poco de orden en un universo caótico. Lo que quiere decir con ello es que intento que este loco mundo sea algo menos loco. Al decir «universo», alza las manos como si estuviera dibujando unas comillas en el aire, porque cuando dice «universo caótico», se refiere a mi cerebro.

La lista empieza con *Papá y mamá van a divorciarse*, aunque lo más seguro es que lo mueva unos puestos abajo. Últimamente no han estado sometidos a ningún tipo de tensión, y llevamos una buena temporada sin noticias de que los padres de algún amigo vayan a divorciarse. No es que el divorcio de los padres de otros chicos me tenga que hacer pensar que los míos también vayan a hacerlo, pero así es como funciona mi cabeza.

La lista también incluye cosas como *Maullidos ha gastado su séptima y última vida* o *La abuela ha pasado a la siguiente dimensión*. Tanto Maullidos como la abuela son ya muy mayores, así que alguna de las dos cosas podría pasar en cualquier momento. Una de las cosas que estaba en mi lista era *El abuelo se ha ido a criar malvas*, pero está tachada porque ya ha sucedido. Hay algunas cosas que te preocupa que puedan pasar más de una vez, pero que una persona en particular se vaya a criar malvas no es una de ellas.

La muerte del abuelo fue terriblemente triste y me demostró que alguna de las cosas que te preocupan en efecto ocurren.

Me guardo la agenda en el bolsillo exterior cuando papá viene a sentarse conmigo a la mesa. Mientras esperamos que nos traigan el *naan* de ajo, bebo un sorbo de agua y sopeso cuál de las cosas en mi lista de malas noticias que espero escuchar va a revelarme de golpe.

—Este sitio ya existía en mis tiempos de estudiante —comenta papá—. Fue aquí donde le robé el corazón a tu madre, entre mordisco y mordisco de *korma* de verduras.

Sonrío, pero no soy capaz de imaginarme la escena. Estoy demasiado preocupada.

—Bueno, ¿qué tal tu primer día? —pregunta.

—Bien. ¿Me has traído aquí para contarme exactamente qué? —le espeto con cierta brusquedad.

Papá bebe un trago de agua sorbiendo con ruido. Lo miro y sonrío, a continuación levanto mi vaso y hago lo mismo. Lo hacemos de vez en cuando para reírnos. Siempre fantaseamos con ir algún día a una heladería o a un restaurante sea solo para pedir agua y luego sentarnos a hacer esta cosa repulsiva.

Una vez que se ha relajado un poco, ya está preparado para darme alguna mala noticia. Aparta el vaso hacia un lado y empieza:

—¿Te acuerdas de la última vez que llevamos a Eco al ortodoncista?

—Sí, claro que me acuerdo.

Qué alivio. Probablemente va a decirme que necesita aparato de dientes. Yo ya lo llevo y son muy caros. Con un poco de suerte, no desequilibrará demasiado el presupuesto para las próximas vacaciones.

—Vimos que los dientes delanteros estaban empezando a sobresalir. Y a montarse.

—Lo sé —respondo.

Uno de los empleados del restaurante —un hombre indio que lleva una casaca larga— se acerca con el *naan*. Reconoce a papá y se le ilumina el rostro.

—¡Tate! ¡Qué alegría verte! Esta preciosa jovencita sale a Grace en lo guapa, ¿no?

—¡Ja! Me alegro de verte, Hari. Es Ele, nuestra hija mayor. Ele, este es Hari.

—Encantada —saludo.

Hari sonríe y hace una leve inclinación.

—Me alegra volver a verte, Ele. Me acuerdo de cuando no eras más que un bebé en brazos de tus padres. ¡Pero ha pasado demasiado tiempo! Y espero verte más de ahora en adelante.

Papá hace un gesto en mi dirección:

—Estoy seguro de que se convertirá en una asidua, como sus padres.

Antes de retirarse, deja el *naan* encima de la mesa. Huele a gloria.

Papá carraspea.

—Bueno, volviendo al tema de los dientes de Eco, nos pareció que el ortodoncista era la persona adecuada adonde llevarla.

Asiento con la cabeza mientras corto una tira del tamaño de un mordisco del pan indio.

—Pero el ortodoncista nos derivó a una cirujana maxilofacial.

—Vaya —digo, mientras disfruto de un bocado delicioso.

—Que a su vez nos derivó a un especialista de garganta, nariz y oídos, que es adonde llevamos a Eco esta mañana.

—Si son especialistas, ¿no deberían elegir una sola especialidad? «Garganta, nariz y oídos» suena un poco a helado de tres gustos, que es el que siempre se termina pidiendo cuando resulta imposible decidirse.

Papá no sonríe.

—Y el otorrino nos mandó a urgencias.

—¿Adónde?

—A urgencias.

—¿Por unos dientes torcidos? —Estoy a punto de dar otro mordisco al *naan*, pero lo dejo en el plato—. ¿Por qué?

Papá se aclara la garganta.

—Hay algo creciendo en su boca que está empujándole los dientes hacia delante.

—¿Qué quieres decir con algo?

—Un tumor.

—¿Un tumor?

—Sí. —Escoge un trozo de *naan* y se lo lleva a la boca. Me doy cuenta de que está intentando restarle importancia, como si pudiera pronunciarse la palabra «tumor» y a continuación disfrutar de un trozo de *naan* como si nada—. Así que la han ingresado en el hospital.

—¿Por qué?

Traga y bebe otro sorbo de agua.

—Para hacerle pruebas. Hay tumores de todo tipo. Así que quieren averiguar qué es y, luego, decidir qué deben hacer con él.

Lo observo tomar otro trozo de *naan*. Él me observa a su vez.

—No te preocupes —dice con una sonrisa totalmente forzada—. Todo va a salir bien.

Asiento en silencio.

No pienso añadir esto, ni ninguna de sus posibles consecuencias, a la lista de malas noticias que puedo recibir. Eco solo tiene seis años. A veces es un poco pesada, pero cuando lo pienso, es prácticamente la hermana pequeña que yo deseaba. Ni siquiera voy a ponerme a pensar en qué tipo de malas noticias puedo esperar, porque no va a ocurrir nada de eso. Eco va a ponerse bien.

Solo tiene seis años.

✿ ✿ ✿

—Bueno, ¿qué tal tu primer día de clase?

Creo que papá vuelve a preguntarme por las clases de camino a casa porque no quiere que siga haciéndole preguntas sobre Eco. Pero supongo que habría preguntado por las clases igualmente, sobre todo al tratarse de mi primer día en la academia.

—Bien. —Había sido genial, pero lo he bajado de categoría.

—¿Has hecho algún amigo?

—Miles. —Quizá solo una, la verdad, pero papá preferirá oír que fueron miles.

—¿Qué tal la clase de dibujo?

—Bien. Decir que la señorita Número Uno es rarita es quedarse corta. Siempre está posando. Posa entre indicación e indicación. Y hace poses largas mientras trabajamos. Así.

Me paro en medio de la acera e inclino el cuerpo, giro el cuello y apoyo la palma de la mano en la frente.

Papá suelta una risita.

—La misma señorita Número Uno de siempre.

—¿De qué la conoces, papá?

Da una patada a una piedrecita.

—Del mundillo artístico. Ella es pintora, yo fui pintor.

—Tú sigues siéndolo.

Se encoge de hombros.

—Si tú lo dices… Pero ahora no pinto.

—¿Sabe que soy tu hija? Creo que me miraba de una forma extraña. Como si estuviera intentando decidir si quería pintarme.

—Bueno, ella sí es pintora. No me he puesto en contacto con ella. Quizá lo dedujo por el apellido. —Ve otra piedrecita y calcula los pasos para poder dar otra patada—. Y porque te pareces a tu madre, a quien también conoce. También es posible que creyeras que te miraba de forma extraña aunque yo no la conociera.

Me vuelvo hacia él.

—¿Porque soy el tipo de chica que piensa que todo el mundo la mira de forma extraña?

Sonríe y empieza a subir los escalones de entrada a nuestro edificio de piedra arenisca.

—Quizá porque tiende a mirar a la gente de forma extraña.

Introduce el código de seguridad en el teclado y empujo la puerta. Subimos los dos tramos de escaleras que conducen a nuestro piso de dos dormitorios.

—La señorita Número Uno es famosa en el mundillo artístico por sus excentricidades —explica—. La academia le tolera un montón de rarezas porque para ellos es buena publicidad que forme parte del claustro.

Llegamos a nuestra puerta, una de las dos que hay en la tercera planta. Saca la llave del bolsillo y la abre.

La luz blanca y verde del salón nos da la bienvenida. Blanca por las paredes y verde por el árbol que crece en la acera y tapa la ventana.

Mi lista de aspectos atractivos de nuestro piso, casi al principio de mi pequeña agenda, dice algo así:

Uno: Situado casi en el Village. (Prácticamente. Apenas exageraba cuando dije que vivíamos en Greenwich Village).

Dos: Aceras con árboles. (También con coches aparcados en ambos lados).

Tres: Casi nunca encontramos a nadie durmiendo junto al portal porque apenas hay sitio en los escalones.

Cuatro: Su reducido espacio fortalece los lazos familiares.

Cinco: Su reducido espacio permite limpiarlo enseguida.

Seis: Su reducido espacio implica tener todo siempre a mano.

Siete: El barrio es colorido e interesante. Y no solo colorido e interesante en el mal sentido.

La verdad es que el piso es bastante coqueto a pesar de ser diminuto, viejo y destartalado, pero en este momento es sobre todo demasiado tranquilo. Se nota muchísimo la ausencia de Eco.

En el exterior están levantando la calle con máquinas y derribando el interior de la casona de al lado para que alguna familia rica la reforme y la deje fabulosa antes de mudarse, así que hay un ruido tremendo. Pero no se oye a Eco hablar sola mientras juega. Ni el sonido de sus prácticas en el teclado cuando se olvida de ponerse los auriculares y tenemos que oír las mismas veinte notas musicales una y otra vez. Ni su voz con esa manera tan suya de leer en voz alta que siempre me vuelve loca. Qué ganas tenía de que por fin empezara a leer en silencio. Pero ahora mismo no me importaría nada oírla.

Eco y yo compartimos habitación, que ahora mismo es la más silenciosa. Debería alegrarme de poder tenerla para mí sola, porque dentro de nada volverá a estar ocupada y ruidosa. Pero, para ser sincera, me pone triste.

Recuerdo cuando nació Eco y llegó del hospital. Al principio estuvo en el cuarto de papá y mamá, pero antes de cumplir un año, cuando ya no se despertaba durante la noche, la trasladaron al mío. Primero en una cuna, después papá instaló unas literas para las dos. Creí que no iba a gustarme compartir mi habitación, pero fui acostumbrándome a ella y a los ruiditos que hace mientras duerme, primero balbuceando y después, con el paso de los años, hablando en sueños. Siempre se queda medio escondida detrás de mí en público. Así que es natural que le guste tenerme lo bastante cerca para estar a mi sombra, incluso cuando estamos durmiendo.

De hecho, duerme justo debajo de mí, en la litera de abajo.

Papá y mamá dicen que es lo más normal del mundo, pero quiere hacer todo lo que hago yo. Si yo dibujo un unicornio, ella dibuja un unicornio. No es nada original, y creo que papá y mamá deberían animarla a que desarrollara su creatividad en vez de imitarme todo el tiempo. Pero ahora mismo no me importaría tenerla a mi lado haciendo exactamente lo mismo que estuviera haciendo yo. Y si estuviera a mi lado, yo no estaría haciendo lo que estoy haciendo ahora, que es quedarme de pie en medio de la habitación sintiéndome muy triste.

Enciendo la radio para aplacar la sensación de vacío. Papá ha pegado el dial, así que está fijo en la emisora de música clásica de la radio pública. Cree que con eso Eco y yo vamos a convertirnos en dos genios o algo parecido, pero ahora ya me he acostumbrado, más o menos. Y lo cierto es que me gusta, aunque en mi antiguo colegio no les dijera a mis compañeros que me gustaba, excepto a los de la banda.

Trepo a mi cama y abro el libro de literatura por el tema de Emily Dickinson. Solo incluye cinco de sus poemas, que no son ni de lejos suficientes, y entre ellos no está ninguno de mis favoritos. Pero no importa.

Empiezo a leer uno. Es sobre una mosca que vuela y zumba en la ventana de una habitación en la que todos esperan la muerte del narrador.

Lo leo y miro hacia la ventana esperando ver una mosca. No hay ninguna, pero de pronto el cuarto me parece más oscuro.

Cierro el libro de golpe.

Ya leeré a Emily Dickinson más tarde.

Papá va a un restaurante chino a buscar la cena para los dos, pues mamá sigue en el hospital con Eco. A veces es muy divertido cuando cenamos papá y yo solos –comida para llevar, sentados a la mesa–, pero esta noche no me parece nada divertido. Pongo la emisora clásica para intentar animar el ambiente, pero están poniendo una marcha fúnebre tristísima del siglo XIX.

Abrir las galletitas de la suerte siempre es divertido, así que rompo la mía antes incluso de terminar la cena para intentar mejorar mi humor.

–¿Qué pone? –pregunta papá.

La desdoblo y le doy la vuelta. Está en blanco por los dos lados.

–Esto no puede ser bueno –declaro, enseñándosela a papá.

–La falta de noticias es una buena noticia. –Siempre intenta ver el lado positivo de las cosas.

–Una buena noticia es una buena noticia –lo corrijo–. ¿Me dejas ver la tuya?

–Claro.

Me pasa su galletita. La abro, pero su suerte dice: «¿Vas a celebrar una fiesta? ¡Pídenos presupuesto!».

Me parece lo peor: cuando una galletita de la suerte trata de venderte algo o impartir sabiduría ancestral en lugar de decirte lo que esperas leer. Lo que yo esperaba leer era «Eco va a ponerse bien», pero jamás dijo eso una galleta de la suerte.

Después de comer, lavo los platos y salimos para el hospital. Hace una noche muy agradable; la luz de finales de verano se retira suavemente del cielo sobre las casas y apartamentos, pero parece no encajar en el ambiente. Conozco el barrio a la perfección, aunque el camino hacia la estación de metro no me parece el mismo. Los árboles huelen a árbol, los ultramarinos huelen a ultramarinos, pero todo parece un poco fuera de lugar.

En el metro hago una lista de las cosas que puede tener Eco. Papá está acostumbrado a verme con el lápiz en una mano y la agenda en la otra, y si no le pregunto si quiere ver en qué estoy ocupada ahora, él tampoco me pide que se lo enseñe. Mientras el metro recorre la ciudad, se me ocurre todo esto:

Posibles diagnósticos para Eco
Espina en una pata
Alergia a los helados
Fiebre aftosa
Parálisis del escribiente (calambre del escritor)
Mal de ojo
Abominación abdominal
Cara de loca

Es una buena lista, pero no funciona. No me hace sonreír ni distrae mis pensamientos.

Papá me da la mano mientras recorremos la acera de las pocas manzanas que separan el hospital de la boca de metro.

—Me encantó mi profesor de primera hora —comento—. El señor D.

Solo intento apartar de mi mente la manía que tengo a los hospitales y el miedo que me dan.

—¿De qué da clase?

—De literatura.

No estoy pensando en la vez que el abuelo ingresó en un hospital y murió.

—La literatura siempre es tu materia favorita.

—Sí. Pero sé que el señor D va a ser especialmente genial. Ya hemos empezado a leer a Emily Dickinson.

No pienso en los gemidos que se oyen en los pasillos ni en toda la gama de olores desagradables, como el de las fregonas que pasan los limpiadores para empapar todas esas cosas repugnantes que se suponen que tienen que estar en el interior del cuerpo de una persona y que, de alguna manera, terminan en el suelo. No pienso que cada vez que pongo el pie en un hospital cada parte de mi cuerpo que me dolió alguna vez empieza a dolerme de nuevo.

Traspasamos la entrada y, a pesar de que los coloridos dibujos de animales de zoológico que cuelgan de las paredes están pensados para alegrar a los niños, me duele el brazo al acordarme de las vacunas. Esperamos junto al mostrador de recepción y siento que tengo la muñeca rota de cuando me caí del monopatín hace tres años. Al dirigirnos a los ascensores, me duele el pie después de rompérmelo cuando me di un golpe con la pata de la cómoda el año pasado. La puerta del ascensor se abre en la séptima planta y noto todos los dolores de cabeza que tuve en mi vida concentrados en uno.

Salimos al pasillo. Como ya ha estado aquí hoy, papá conoce el camino a la habitación de Eco.

—Recuerda, cariño: sé positiva.

—¿Por qué no iba a serlo?

—Exacto. Todo va a salir bien. Pero sé especialmente simpática.

—¿Por qué no iba a serlo?

Sonríe.

—¿Estás bien?

—Claro.

Estoy mareándome.

La joven enfermera del puesto de control se levanta. Lleva un uniforme con un estampado de osos polares que parece un pijama.

—¿Estás respirando, cariño?

—¿Por qué no iba a estar respirando?

Pues porque, y me doy cuenta en ese momento, me he olvidado de que tengo que hacerlo. Así que inspiro una profunda bocanada de aire mientras papá me sujeta por el brazo para que no pierda el equilibrio.

La enfermera se acerca.

—Respira hondo. Inspira por la nariz y expulsa el aire por la boca. Despacio y sin alterarte.

Asiento en silencio.

—¿Estás bien? —pregunta la enfermera.

Vuelvo a asentir.

—¿Eres la hermana de Eco?

—Sí.

Sonríe.

—Es como una versión tuya en miniatura. Y muy pizpireta.

Mi boca esboza una sonrisa y papá me da la mano cuando empezamos a avanzar por el pasillo.

Todo el mundo dice lo mismo. Que es mi Mini Yo. La llamaron Eco porque cuando nació era clavada a mí de recién nacida, y mi padre se echó a reír y a llorar a la vez de un modo incontrolable, exactamente como había hecho cuando nací. Yo era una estrella; mi hermana, mi eco.

Creo que fue ella la que salió ganando con esa decisión.

Abrimos la puerta de la habitación 726 y pasamos al interior.

—¡Hola! —saludamos.

—¡Hola! —Eco parece muy contenta.

—Hola, Ele —dice mamá—. Por favor, lávate las manos antes de acercarte a Eco. Tenemos que acostumbrarnos a hacerlo. ¿De acuerdo, cariño?

Asiento y sigo a mi padre, que ya está frente al lavabo enjabonándose las manos. Eco está en una cama grande con ruedas y barreras de metal a ambos lados, de esas que ponen para no caerse. Está enganchada a un gotero que deja caer una especie de líquido claro. Lleva una bata azul con delfines y barcos de vela. Frente a su cama, en lo alto de la pared hay instalado un televisor en el que están poniendo una película de Disney. Todo ello me pone nerviosa y me enfurece, como si estuvieran intentando hacer creer a Eco que se trata de un lugar idílico.

Papá se acerca a la cama.

—¿Cómo te encuentras, peque?

—Bien.

Parece que lo dice en serio. Como si no tuviera una sola preocupación, como si no estuviera en un lugar donde a la gente le amputan partes de su cuerpo.

Miro a mamá, que está sonriendo, pero es una especie de sonrisa melancólica. Está tan guapa y elegante como siempre, con sus pecas y su melena castaña con un corte impecable, pero en su rostro hay una sombra de preocupación.

Un bebé llora en el pasillo.

—¡Me van a traer un polo! —exclama Eco.

—Qué suerte.

Me acerco al banco que hay junto a la ventana y me siento. Recuerdo que tengo que respirar. Aspiro una buena bocanada de aire, lo retengo en los pulmones unos segundos y lo expulso. Eco va a ponerse bien.

Por delante de la puerta pasa un niño al que llevan en una cama. Va respirando por un tubo.

—Ponen películas todo el tiempo —dice Eco.

Papá se vuelve para comprobar qué está viendo mi hermana. Ambos sonríen.

Un sonido procedente de la ventana me hace girar la cabeza. Es una mosca enorme dándose golpes contra el cristal al intentar salir de aquí. Como en el poema de Emily Dickinson, donde hay unas personas reunidas esperando que otra muera.

Me hace caer del banco.

—¡Ele! —Mamá se levanta de la silla—. ¿Qué ha pasado?

Estoy en el suelo, intentando levantarme apoyando las manos sobre las baldosas frías.

—Oí el zumbido de una mosca.

La sensación de mareo aumenta y todo se vuelve negro.

Cuando me recupero, me han llevado al banco de la ventana, cubierto de cojines. Papá, mamá y una enfermera están inclinados mirándome.

—¿Cómo te encuentras?

La enfermera presiona mi muñeca con dos dedos para tomarme el pulso.

—Bien.

La mosca zumba sobre el cristal y levanto la cabeza para mirarla.

Mamá está sentada detrás de mi cabeza.

—Es bastante conocida por lo poco que le gustan los hospitales —dice mientras me aparta el pelo de la cara con delicadeza.

—¿Has comido algo hoy? —pregunta la enfermera.

Asiento.

—A la hora de comer tomé un bocadillo de mantequilla de almendras y mermelada de moras. Y mango. Y ensalada de sésamo.

—¿Quién te prepara la comida? —bromea la enfermera—. Ya me la podía preparar a mí también.

Me suelta la muñeca.

—Después, a la salida de la academia, paramos en un restaurante indio y tomamos un poco de *naan* —añade papá. A él le encanta hablar de comida india. Siempre que la comemos lo cuenta.

—Y cenamos antes de venir —continúo—. Comida china.

Intento recordar mi galletita de la suerte, pero sin éxito.

—¿Algún problema de salud? —pregunta la enfermera mirando a mi madre.

Echo la cabeza hacia atrás y veo que mamá hace un gesto negativo.

Me incorporo.

—¿Podemos irnos ya?

Papá mira a mi madre.

—Bueno —empieza—, deberíamos quedarnos un rato más con Eco.

Miro a mi hermana. Tiene un polo en la mano y está viendo la película. Algo que sale en la pantalla la hace reír.

—¿Va a quedarse a dormir?

Mamá me acaricia el pelo.

—Quieren hacerle más pruebas.

—¿Por qué?

—Para confirmar que todo está bien.

—Pero ¿no acabas de decirle a la enfermera que no tenía ningún problema de salud?

Mamá esboza una sonrisa cansada.

—Nos referíamos a ti.

3

EL MIÉRCOLES ME despiertan los sonidos de martillos neumáticos en la calle y una motosierra en la casa de al lado. Esperan hasta la siete y de repente crecen en intensidad, como si dieran las doce en Nochevieja, aunque sin tanta diversión. Ayer no me molestó tanto porque me pasé despierta prácticamente toda la noche con la emoción y los nervios del primer día de clase. Pero esta mañana me invade la preocupación. Lo primero que me viene a la cabeza es que Eco va a despertarse en el hospital. La cama que ocupa debajo está vacía, la mesa del desayuno demasiado silenciosa. No voy a discutir con ella por el zumo de naranja, pero ojalá pudiera hacerlo.

No debería preocuparme. Tiene seis años. A los niños tan pequeños no les pasan cosas terribles.

Prácticamente nunca.

Aun así, me abruma la idea de enfrentarme a mi segundo día en la academia.

Mi teléfono empieza a vibrar encima de la cómoda y me acerco para leer la pantalla. Es un mensaje de Maisy.

¡Buenos días! ¿Qué tal tu nuevo colegio? PD: ¡022 no es lo mismo sin ti!

No quiero contestar en este momento porque no quiero decirle la verdad y se me da fatal mentir, como a mi padre. Se nota que miento hasta en un mensaje de texto.

Maisy es serena y perfecta, siempre tiene las mejores vacaciones y todo lo mejor. No quiero hablarle del hospital porque estoy segura de que no lograré dar la impresión de no estar muerta de miedo por lo que pueda pasarle a Eco, por mucho que no deje de repetirme a mí misma que todo va a salir bien. Así que le mando un emoticono con el pulgar hacia arriba y otro de una niña corriendo, como si tuviera demasiada prisa para ponerme a escribir en este momento.

Me lavo los dientes en el baño del pasillo, que en este piso es el único. Por suerte, tener un solo cuarto de baño tiene encanto, como mi padre me dice a menudo. Siempre me recuerda que varios de los hoteles de la zona tienen cuartos de baño compartidos, lo cual se supone que debe alegrarme, ya que yo solo tengo que compartir el mío con otros tres miembros de la familia. Y con Maullidos, cuyo arenero está junto al inodoro. Pero hoy solo tengo que compartirlo con Maullidos y con papá.

Cepilla, cepilla, cepilla. Escupo la espuma mentolada en el lavado y dedico una amplia sonrisa a mi imagen reflejada en el espejo.

—¡Hola! ¡Me llamo Ele y mi hermana pequeña está en el hospital, pero va a ponerse bien!

Es una buena abolladura en mi coraza. Con todas las preocupaciones que acarrea un cambio de centro, no puedo permitirme estar distraída y vulnerable.

Guardo el cepillo de dientes y voy a la cocina, donde papá ya está sentado a la mesa.

—Buenos días —dice.

—¡Buenos días! ¡Me llamo Ele y mi hermana pequeña está en el hospital, pero va a ponerse bien!

Papá frunce el ceño y levanta la taza de café para tomar un sorbo.

—Estoy seguro de que así será, cariño.

En mi sitio hay un plato con dos gofres descongelados. Tienen pinta de no estar bien tostados, así que sonrío a papá y sin decir una sola palabra los meto de nuevo en el tostador.

Me sirvo un té bien caliente, que normalmente me ayuda a despejarme, aunque tengo mis dudas sobre si hoy funcionará.

Papá se ha olvidado de la mantequilla ecológica, así que la saco de la nevera, la pongo encima de la mesa y me siento.

Echo una cantidad generosa de azúcar en el té, lo cual equivale a una cantidad que quizá podría considerarse poco saludable. Después lo remuevo y bebo un sorbo.

El tostador anuncia que los gofres ya están listos, y salto de la silla como impulsada por un resorte para ir a buscarlos. Los llevo a la mesa en la mano, calientes como están —ay—, y los dejo caer en mi plato.

Pero mientras unto la mantequilla en los gofres, los rocío con sirope y me los voy comiendo bocado a bocado, vuelve a asaltarme el pensamiento de Eco en el hospital. La idea se hace cada vez más grande —la imagen de Eco despertando en la cama del hospital, con el líquido del gotero como desayuno— y desplaza cualquier otro pensamiento o sensación. La mantequilla y el sirope de arce pierden sabor en mi boca hasta volverse totalmente insípidos, y miro mi plato vacío y me pregunto qué ha pasado con ellos.

Papá me acompaña a la academia. Hace una mañana preciosa, pero de algún modo parece artificial, como si estuviera conspirando contra nosotros. No es una mañana preciosa de verdad, es la fachada de una mañana preciosa tras la cual acecha el miedo, como una película en la que todo parece bonito, pero sabes que está a punto de convertirse en algo malo.

Pero no va a convertirse en nada malo. Eco no es más que una niña pequeña.

En la clase de literatura con el señor D, siento como si estuviera escuchándolo desde el fondo de una piscina. Lo oigo hablar, pero no termino de entenderlo.

—Ele, ¿alguna reacción a alguno de los poemas? —Está de pie delante de mi pupitre, balanceándose sobre los talones. Tengo la desazonadora sensación de que me ha llamado dos veces, pero solo me he enterado de la segunda–. ¿Hay alguno que te haya impactado en particular?

Me pregunto cómo demonios lo habrá adivinado. Cómo puede ser capaz de leerme el pensamiento.

–Parecías muy ilusionada de empezar con Emily Dickinson –continúa–. ¿Tienes algún favorito?

–Favorito, no –respondo con la vista puesta en la insignia que lleva en la chaqueta con una imagen muy cursi de Emily Dickinson–. Pero me mareé con «Escuché el vuelo de una mosca».

Unos cuantos compañeros se ríen. No puedo creerme que haya dejado escapar esas palabras.

–¿Te mareaste? –El señor D cruza las manos debajo de la barbilla en actitud pensativa–. Interesante reacción.

–Respiración contenida –se me vuelve a escapar–. El vuelo. Y luego…

Espera observándome. Echo una mirada rápida a la chica que se sienta a mi izquierda. Me mira con los ojos muy abiertos, casi como si me tomara por loca. El señor D sigue esperando.

Respiro hondo, porque de nuevo me he olvidado de que tenía que respirar.

–Sí –dice el señor D, rompiendo el momento–. Es un poema con mucha fuerza. ¿Cómo se metió Emily Dickinson en el espacio de la mosca y del narrador agonizante?

Silencio por parte de mis compañeros.

–Gracias, Ele.

Me sonríe. Le devuelvo la sonrisa. Pero encuentro muy extraño ese intercambio de sonrisas sobre un poema que consiguió que el hospital me aterrase aún más de lo normal.

El resto del día es todavía peor.

En matemáticas, no sé cómo no me di cuenta de que había más ejercicios en la otra cara de la página que nos mandaron hacer en casa, así que, aunque en la primera cara tuve prácticamente un 10, saqué un cero en la de atrás.

En historia me alegro de volver a sentarme junto a Emy. Pero justo al principio de la clase, una mujer que debía de ser su madre irrumpe en el aula para decirle que acaban de admitirla en la Academia Midtown de Música Antigua, que evidentemente era su primera opción y en la que estaba en lista de espera. Así que grita de felicidad en plena clase, después se levanta y se va para siempre, sin tan siquiera dirigirme una mirada. Así que me quedo sentada con un desasosiego que pronto se convierte en desesperación cuando, en lugar de con Emy, me mandan hacer un diorama sobre la civilización minoica con un chico que se llama Charles. Y aunque parece tener prisa en hacerse mayor con esa cazadora azul y ese pelo engominado, huele como si no se hubiera duchado en su vida.

Mientras estamos sentados juntos aportando ideas y decidiendo quién se encargará de hacer cada parte del trabajo, en varios momentos me llega una ráfaga cargada de olor a Charles y me dan ganas de vomitar. Como consecuencia, respiro más o menos la mitad de lo que debería durante una clase de una hora, así que cuando suena el timbre estoy mareada y tengo un tremendo dolor de cabeza.

Papá se olvidó de prepararme la comida, yo me olvidé de prepararme la comida y también me olvidé de preguntarle qué tenía que comer, así que no solo no tengo con quién sentarme ahora que Emy se ha ido de la academia, sino que tampoco tengo comida. Por suerte, encuentro unas monedas en el fondo de mi mochila que resultan ser suficientes para comprar un batido de chocolate a las señoras mayores con redecilla que sirven la comida. Por si me preguntan las señoras de las redecillas o cualquier otra persona, me he inventado la historia de que estoy tomando antibióticos contra la malaria y no puedo ingerir nada más que batidos de chocolate, pero nadie me pregunta. Y mientras estoy sentada sola en la cafetería, no hago más que mirar el reloj de la pared para que cualquiera que me mire piense que tengo algo importante que hacer o similar. Y de verdad desearía tener que estar en otro sitio, en cualquier lugar lejos de esta academia y de esta preocupación.

En educación física volvemos a jugar al *hockey* en la calle y marco otro gol, pero esta vez lo meto en mi propia portería porque estoy distraída y no sé cómo he perdido la noción de quién tenía que marcar dónde. Como me da una vergüenza espantosa, finjo que lo he hecho a propósito e intento chocar los cinco con los del otro equipo, pero todo el mundo termina mosqueado y pensando que soy un poco rarita. Todos los compañeros que me rodean tienen amigos o parecen hacerlos, pero yo me siento como una mezcla de risible e invisible.

En clase de ciencias con el señor Bleeker empezamos una unidad llamada «¿Por qué los estudiantes de primero de ESO huelen mal? Un estudio científico». Parece que va a ser divertida o que, al menos, me aclarará por qué Charles huele como si estuviera podrido por dentro, pero no tiene ninguna gracia ya que resulta evidente que al señor Bleeker no le gustan nada los niños. Empieza a preocuparme la idea de oler tan mal como Charles e intento recordar cuándo fue la última vez que me duché mientras Bleeker habla de diversas causas anatómicas y evolutivas por las cuales de repente los alumnos de primero de ESO deben hacerse amigos del jabón y del desodorante. Peor aún, el chico guapo que ayer no hacía más que mirarme –y que me he enterado de que se llama Octavius– hoy tampoco me quita ojo, pero ahora pienso que es porque hay algo en mí que desentona.

Llevo todo el día deseando que llegue la clase de dibujo a séptima hora. Espero poder abstraerme con la tarea que nos ponga y dejar de pensar y de preocuparme por Eco durante un rato.

Por desgracia, en lugar de una tarea, la señorita Número Uno trae preparado un vídeo titulado «El cuidado del material artístico». Nos recibe en la puerta con unos labios fruncidos y un ceño pintados con carboncillo para demostrarnos lo disgustada que está por el estado en que devolvimos el material de la clase el día anterior. Así que, en lugar de distraerme con un trabajo, tenemos que ver un vídeo tan aburrido que Eco me viene de continuo a la cabeza. Cuando termina, estoy completamente segura de que sigo sin tener ni idea de cómo limpiar los pinceles después de pintar al óleo y, además, me duele el estómago de tanto preocuparme por mi hermana.

Después de clase, del paseo hasta casa y de la comida preparada de dieta mediterránea que papá trajo para cenar, volvemos a la estación de metro y esperamos al tren que nos llevará al centro.

Hay un hombre delgaducho y bastante joven con barba desaliñada tocando el piano en el andén que separa las vías. Me maravilla que haya bajado el piano hasta aquí en una gran plataforma rodante de seis ruedas que descansa a su lado. Y es que, aunque no sea un piano de los grandes, no deja de ser un piano. Lo toca bien, es un viejo tema de *jazz*. Los viejos temas de *jazz* eran precisamente lo que yo tocaba cuando teníamos un piano de verdad y recibía clases dos veces por semana. Pero a medida que Eco y yo crecíamos nuestro apartamento parecía encoger, así que papá y mamá vendieron el piano y lo cambiaron por un teclado, que está casi siempre recogido y guardado en el armario. Oír tocar a este hombre me trae recuerdos felices de nuestro viejo piano.

—¿Podemos darle un dólar? —pregunto.

Papá mira al hombre del piano. Lo observa, escucha un momento y dice:

—Mejor no, tenemos que ahorrar.

—Solo un dólar. Ha tenido que bajar el piano hasta aquí.

Papá se vuelve hacia mí.

—¿O sea que si estuviera tocando algo más pequeño como una armónica o un ukelele no querrías darle nada?

—Toca muy bien —digo con el ceño fruncido—. Pero además la dificultad de transportar el piano es un punto a su favor.

—¿Y si hubiera bajado algo muy pesado por las escaleras, como una estantería o algo así? Podría poner un letrero que dijera: «Eh, tío, ¿por qué no me das un dólar? Acabo de arrastrar esta estantería tan pesada hasta aquí abajo».

Vuelvo a enfurruñarme.

—Si no quieres darle nada, deberíamos taparnos los oídos.

Papá sonríe. Nunca dejo de hacerlo sonreír. Al final saca la cartera del bolsillo y me da un billete de cinco dólares.

Le devuelvo la sonrisa y la inclinación. No sé muy bien por qué. Después le llevo el billete al hombre y al tarro de cristal que tiene encima del piano. Hay un montón de billetes dentro. Me sonríe y hace un movimiento con la cabeza cuando meto el de mi padre.

Me siento bien al hacerlo, aunque el dinero fuese de papá. Ahora mismo estoy encantada de que el hombre del piano haya bajado hasta aquí y haga de la estación de metro un lugar más agradable. Quizá eso es lo que convierte la ciudad de Nueva York en un sitio un poco mágico o maravilloso: que un tipo delgaducho y desaliñado haya bajado un piano hasta el metro como una hormiguita con una miga gigante a la espalda.

Entonces llega nuestro tren con un chirrido de frenos que ahoga las notas por unos instantes. Subimos, las puertas se cierran y dejamos atrás la magia y la música para entrar por un túnel oscuro en las entrañas de la ciudad.

En el hospital, papá y yo nos metemos en la habitación de Eco, que tiene la puerta abierta.

—¡Ele! ¡Papi! —exclama con los brazos abiertos para que corramos a abrazarla.

—Las manos, por favor —nos recuerda mamá—. Por aquí hay un montón de virus.

Papá y yo nos lavamos las manos por turnos en el lavabo y después abrazamos a Eco por turnos.

—¡Mira esto, Ele! ¡Es divertidísimo! —Eco está viendo dibujos animados.

Me siento en el borde de su cama.

Papá y mamá se ponen a hablar en voz baja al otro lado del cuarto.

—¡Mira ese hombre! —exclama Eco tirándome del brazo—. ¡Vuela con la barba!

Miro, pero me cuesta prestar atención. Estoy distraída intentando oír de qué hablan papá y mamá, además me resulta rarísimo pensar en reírme de algo en este lugar.

Hay una pizarra blanca en la pared donde diez caritas con expresiones que varían entre el embeleso y la angustia miden el grado de dolor que experimenta Eco, pero ninguna de ellas está rodeada. La pizarra también indica qué enfermeras están de guardia esta noche.

Alcanzo a oír un retazo de la conversación.

—No está mostrándose muy comprensiva —susurra mamá.

Eco se ríe. Miro la pantalla, pero mis oídos siguen pendientes de mi madre. Me pregunto si estará hablando de Eco o de mí.

—Tráeme la cartera mañana y al menos podré hacer algún boceto. —Mamá nos dirige a Eco y a mí una mirada fugaz y vuelvo a centrarme en la pantalla—. Yo no tengo la culpa de que esto haya pasado justo antes de la Semana de la Moda.

Debe de estar hablando de su jefa, que siempre está presionándola. Al ser diseñadora, esta época del año es una locura para mamá, con la preparación de todos los diseños para la Semana de la Moda. La ciudad está ultimando detalles por todo Manhattan y hay una enorme carpa montada en Bryant Park, donde los modelos mostrarán las próximas tendencias sobre la pasarela. Las aceras del centro están abarrotadas de modelos comiendo yogur enmascarados tras gafas de sol de diseño y con carteras bajo el brazo.

Papá se aclara la garganta:

—Bueno, mañana ya se nos ocurrirá algo mejor.

Aparto la vista de la pantalla hacia Eco, que casi ha terminado la comida que tiene en la bandeja. Ha cenado revuelto de verduras, zumo y helado.

—La comida tiene buena pinta —comento.

—Me he puesto morada —dice Eco—. Después de medianoche no me van a dar nada porque por la mañana tienen que hacerme unas fotos.

—No te olvides de decir «patata».

Hace un gesto de impaciencia.

—¡No son fotos de esas, Ele!

—Era una broma —le explico.

Pero mis oídos siguen pendientes del otro lado del cuarto, donde papá y mamá siguen hablando en voz baja.

—Tampoco es que pueda montar aquí mis maniquíes —dice mamá—. ¿Qué pretende, que convierta este cuarto en un taller de costura?

Intento escuchar algo más, pero lo único que percibo procedente de esa parte de la habitación es silencio y melancolía.

Sin embargo, Eco parece feliz. Es como si estuviera de vacaciones. En casa no tenemos televisor, así que para ella es como estar en un hotel. No tiene que ir a clase ni preocuparse de cómo hacer amigos entre un regimiento de desconocidos ni de nuevos profesores chiflados. En lugar de empezar su primer curso de primaria, se pasa el día viendo dibujos animados y películas infantiles, divirtiéndose en la zona de juegos y haciendo

52

manualidades. Mamá le ha dicho a papá que Eco está empezando a aburrirse, aunque creo que tiene sus compensaciones.

Pero parece que el tumor está creciendo. Al mirarla de perfil, tiene los dientes más proyectados hacia adelante, lo cual no pinta nada bien. De frente sigue estando guapa, aunque ahora tenga los dientes totalmente montados, pero de lado está distinta.

Y su tumor está creciendo. Casi soy capaz de oírlo.

4

JUEVES. ES EL tercer día que Eco pasa en el hospital y aún no se sabe nada. O quizá sí se sabe, pero no me lo quieren decir.

Estoy tan cansada de las visitas al hospital después de cenar y de tener que hacer los deberes de noche, que las primeras horas de clase transcurren como en una nube. Doy una cabezada en las tres primeras clases. Nunca me había pasado. Solo logro espabilarme en educación física, después de comer.

En ciencias me emparejan con el chico guapo. Tenemos que identificar distintos tipos de rocas examinándolas, palpándolas, dándoles golpes y echándoles líquidos por encima para observar la reacción. El chico guapo se levanta y va a buscar la bandeja con las rocas y el resto del material, pues debo de tener pinta de estar demasiado aturdida como para hacer nada.

Empuja su pupitre hasta pegarlo al mío. Miro las rocas de la bandeja, luego levanto la vista hacia él. Me dan ganas de apartarle el pelo ondulado y oscuro de los ojos. Por suerte, lo hace él mismo.

—Hola —dice.

—Hola —respondo.

—Me llamo Octavius.

Ya lo sabía, porque su nombre llama la atención al pasar lista.

—Encantada de conocerte, Octavius.

—Encantado de conocerte, Elle.

Noto que estoy sonrojándome. Quizá porque es probable que tenga alergia a las rocas, o quizá porque ya sabía mi nombre y porque lo pronuncia como si lo escribiera E-L-L-E. Aunque la verdad es que no tiene sentido que al pronunciarlo parezca que lo escriba de una manera determinada.

Extiende el brazo hacia la bandeja, que en realidad es una caja de zapatos en la que pone «The Wanderer, número 42». Me pregunto si el señor Bleeker llevará puestos unos Wanderer del número 42.

Octavius saca una roca rosada que tiene una pequeña pegatina con el número 1.

—Esto es feldespato —afirma—. Podemos saltarnos todas las pruebas.

Escribe «feldespato» en la hoja, al lado del número 1.

—¿Cómo sabes que es feldespato?

Me mira a los ojos.

—Si te lo digo, no te voy a molar nada.

—Quizá ya no me moles nada.

No es propio de mí decir semejante cosa. Por suerte, sonríe.

—Es una historia tremenda. Tenía un tío abuelo que era un enamorado de las rocas y me hizo aprender todo sobre ellas. Andaba arrastrando la pierna izquierda porque se lesionó cuando se cayó al pozo de una mina.

—¿En serio?

Sonríe.

—No. Pero esa historia es más atractiva que la realidad. La verdadera historia es que me regalaron una colección de rocas cuando cumplí doce años.

Sonrío. No es una sonrisa sincera, pero al menos tiene apariencia de sonrisa.

—Qué suerte que me pusieran contigo para hacer el trabajo. —Sigue mirándome a los ojos. Carraspeo—. Como sabes tanto de rocas…

Bajo la vista a la bandeja y toco una de las piedras.

—Exacto. Soy una joya.

Toco otra roca, una plana y lisa de color gris oscuro con vetas blancas. Por fin levanto la vista.

—¿Se supone que eso era una broma?

Levanta las cejas, sorprendido.

—¿Qué?

—Exactamente. No tiene ninguna gracia. —Saco de la caja la que tiene una etiqueta con el número 2—. Bueno, ¿qué es esto?

—Esa no la conozco. Pruébala.

—¿En serio?

Mira las instrucciones.

—Número 2 —asiente—. Sí.

La rozo con la punta de la lengua. Sabe a roca.

—Acabas de probar la número 2 —comenta.

Frunzo el ceño.

—Y ¿tiene algo de gracioso?

—De nuevo, no. Solo era una observación.

Sonrío. Pero, una vez más, no es una sonrisa sincera. Solo en apariencia. Dejo la roca en la bandeja.

—Es jaspe —dice Octavius.

Lo miro.

—¿Estás seguro?

—Por desgracia, sí. —Lo escribe en la hoja.

—¿Y de verdad tenía que probarla?

—Sí, pero yo ya sabía que era jaspe.

—Por desgracia. —Alcanzo la roca número 3—. ¿Y esta?

Se apoya en el respaldo de la silla.

—De momento estoy haciendo yo todo el trabajo.

Pongo una sonrisita de suficiencia, pero no es real. Es solo apariencia de sonrisita de suficiencia.

—Si ya sabes la respuesta, no es trabajo.

Se inclina hacia delante. Me toca la muñeca donde llevo la pulsera de visitante del hospital.

—¿Qué es esto?

—Una pulsera —contesto, retirando el brazo.

Debería habérmela quitado. Si te la quitas, te ponen otra en la siguiente visita. Pero al dejármela puesta delata que tengo que pasar todo mi tiempo libre visitando a un ser querido en el hospital en lugar de hacer las cosas que haría cualquier persona de mi edad.

—¿De dónde la has sacado? Me gustaría regalarle una a mi novia.

Me siento encima de la mano, la de la muñeca donde llevo la pulsera.

—No es una pregunta válida. ¿Tengo que hacer las pruebas con el número 3? ¿O vas a seguir sorprendiéndome con tus conocimientos sobre las rocas?

Esboza una sonrisa de satisfacción.

—Muy gracioso. Patético, pero gracioso. ¿Quién está en el hospital?

—Mi abuela. Pero no es asunto tuyo.

Lo digo en serio. Observo la roca número 3 y le doy la vuelta en la mano. Finjo estar interesada.

—Todos los días una pulsera de hospital. —Alcanza la roca que tengo en la mano, vuelve a dejarla en la bandeja y escribe «ágata» en el apartado número 3—. Todos los días esos ojos cansados. Esa mirada perdida.

—¿Adónde quieres llegar?

—Reconocí las pulseras a primera vista —dice—. Hospital Pediátrico Midtown.

Vuelvo a fruncir el ceño.

—Mi madre es médico —se apresura a añadir—, así que... —Observa la roca número 4—. La cafetería está genial, ¿eh?

Ahora está intentando quedar bien, como si quisiera mostrar complicidad conmigo.

—Tengo que ir al lavabo —digo—. Disculpa.

Corro por el pasillo en dirección a los aseos. He pasado demasiado tiempo en los baños esta primera semana de clase, mirando a la puerta que tengo enfrente.

Me siento en la taza y saco mi pequeña agenda del bolsillo de la blusa. Vuelvo a una lista que empecé anoche.

Razones plausibles por las que no soy yo misma

Miedo a no hacer amigos en mi nuevo cole.
Están reformando la casa de al lado con un ruido horrible.
Nuestro piso está encantado.

Luego saco el lápiz de detrás de la oreja y añado:

Mi hermana pequeña tiene una enfermedad que puede costarle la vida.

Miro la línea que acabo de escribir y a continuación sacudo la cabeza y la tacho. Después me quedo mirando al suelo.

—Eco va a ponerse bien.

Al decir estas palabras al suelo de baldosas, reverberan y vuelven a mí como un eco. Oigo mis propias palabras, pero no estoy segura de creérmelas.

Cierro la agenda y vuelvo a guardarla en el bolsillo de la blusa. Después tiro de la cisterna. No sé por qué, pues no he hecho pis y, además, no hay nadie en los lavabos. Después me lavo las manos y regreso sobre mis pasos hacia el aula. Antes de volver a entrar, me detengo con la mano en la manilla de la puerta. Decido que, guapo o no, Octavius no va a verme sufrir por Eco. Ni va a saber nada de su sufrimiento. Aunque Eco aparente no tener ni idea de que está sufriendo.

A séptima hora, la señorita Número Uno lleva las cejas al natural. No hay carboncillo que nos muestre lo decepcionada que está con nosotros y además parece haberse apaciguado. Quizá sean figuraciones mías, pero casi da la impresión de estar arrepentida de lo ridícula que estuvo en la clase de ayer. Y desde luego debería estarlo.

En cada una de las mesas hay un pequeño espejo en un soporte, como los de maquillaje, pero más anticuado. Ocupamos nuestros asientos mientras la señorita Número Uno tiene la mirada perdida a través del cristal. Mantiene una pose afectada cuando se apoya en la pared de los ventanales, donde el cielo nublado la muestra a contraluz en actitud melancólica. Nos dicta la tarea de hoy sin tan siquiera mirarnos:

—En vuestras mesas encontraréis un espejo, un pliego de papel prensa y un lápiz conté —dice sin expresión, como si estuviera agotada—. Mirad al espejo. Dibujad lo que veáis. Después dejad el trabajo encima de la mesa y salid del aula ordenadamente.

Miro hacia los ventanales. La luz de las nubes es blanca, pero cuando la observo con atención, veo el gris del edificio de piedra de la acera de enfrente y el verde de los árboles que alcanzan esta altura. No sé si alguna vez había notado esto en la luz.

Me vuelvo hacia el espejo y me veo a mí misma. Parezco tan agotada como la voz de la señorita Número Uno cuando nos explicaba lo que teníamos que hacer. No quiero mirarme ni dibujarme. Así que inclino el espejo hasta que refleja un trozo de techo. Está recubierto de estaño decorativo blanco con una mancha de humedad marrón. Eso es lo que dibujo. Primero el espejo decorado, después la mancha de humedad del techo reflejada en él.

Cuando suena el timbre, ya he cerrado la cremallera de la mochila. Soy la primera en salir de la clase de la señorita Número Uno y troto sobre los tablones de madera del pasillo lo más deprisa que puedo al tiempo que procuro no llamar la atención. Salgo de la academia, bajo los escalones y me planto en la acera, donde me espera mi padre con las manos en los bolsillos y botando sobre los talones. Es como el señor D con lo de botar sobre los talones. Debe de ser cosa de hombres de mediana edad. Me recibe con una sonrisa que es poco más que una mueca. Estoy furiosa con él desde la hora de comer, cuando descubrí que me había preparado el almuerzo más embarazoso del mundo, pero no es consciente de ello.

—¿Qué tal, cariño, cómo ha ido el día?

Levanto un dedo para indicarle que espere. Comienzo a recorrer la acera a paso ligero y él apura el suyo para no quedarse atrás.

Doblamos la esquina en la tienda de ultramarinos, donde perdemos de vista la academia, y dejo caer la mochila sobre la acera. Abro la caja del almuerzo y saco el bocadillo.

—Así —respondo— es como me ha ido.

Sacudo la bolsa para que bote en su interior lo que queda del bocadillo de mantequilla de cáñamo.

Ladea la cabeza.

—No entiendo.

Dejo escapar un gruñido.

—¡Metiste el bocadillo en una bolsa para cacas de perro! ¿Lo ves? ¿Ves al perrito sonriendo y levantando el pulgar? Eso es lo que uno lleva para recoger la caca cuando saca al perro a dar un paseo. ¿Por qué lo hiciste? ¿Estás tratando de amargarme la vida? ¿O solo querías dar un motivo a todo el mundo en la academia para que se riera de mí?

—Creo que entiendo a qué te refieres.

Intenta mostrarse preocupado y quizá arrepentido. Pero me doy cuenta de que le parece muy gracioso.

Tiro la bolsa a una papelera.

—Sabía exactamente a lo que uno espera encontrar en una bolsa así.

—Te juro por lo que más quieras que en esa bolsa jamás hubo caca de perro.

—Se llama *poder de sugestión*. Lo he leído.

—Listilla.

Cierro la fiambrera.

—Además, ¿a santo de qué tenemos bolsas para caca de perro?

—Hace unos años pensamos que sería guay sacar de paseo a Maullidos. Como si fuera un perro.

—Ya me imagino el resultado. —Maullidos ni siquiera se molesta en mirar por la ventana. Es un gato de interior en el sentido más estricto.

—Maullidos no estaba por la labor de participar en su programa para mantenerse en forma.

—Bueno, el caso es que me muero de hambre. —Me vuelvo y miro la pizzería al otro lado de la estrecha calle—. Así que…

—¿Crees que te debo una porción?

—O dos. Estoy en edad de crecer.

Sonríe. Por fin, se echa a reír.

—Lo siento, cariño. No sé dónde se guardan las bolsas para los bocadillos. —Me pasa el brazo por los hombros mientras cruzamos la calle—. Lo averiguaré.

Frunzo el ceño mientras abre y sujeta la puerta de Las porciones de Luigi.

—No te hace falta averiguarlo, ¿no? O sea, lo más probable es que mamá esté de vuelta mañana. Con Eco, ¿no?

Sonríe, pero no es una sonrisa creíble. Ocultar la verdad nunca ha sido su fuerte.

Como era de esperar, al salir de la pizzería bajamos al metro para ir al hospital. Papá dice que la idea es que me acueste más temprano, y también que hay gente que trabaja en el hospital que está allí en el turno de día, pero no después de cenar. Me parece todo muy sospechoso y hace que esta visita me preocupe aún más que las anteriores.

Cuando llegamos a la habitación de Eco en la séptima planta, la encontramos llena de médicos de todo tipo. Todos me miran como si hubiese interrumpido una conversación que no debía oír.

Una mujer que lleva un traje de quirófano me sonríe.

—Tú debes de ser la hermana de Eco.

—Sí.

Miro a mi alrededor. Nadie dice nada.

Eco está dormida en la cama. Parece agotada y tiene la boca abierta. El tumor ha crecido tanto que prácticamente no le cabe en la boca.

—¿Está bien? —pregunto.

—Sí —dice mamá. Por su aspecto, ni siquiera ella misma se cree que Eco esté bien—. Hay alguien que quiere hablar contigo, Ele. ¿Por qué no vas a la salita y os encontráis allí?

Todos están esperando que me vaya. Papá, mamá, tres o cuatro médicos distintos y una enfermera. Es como si estuvieran conteniendo la respiración.

—De acuerdo —accedo.

Empiezo a andar, pero giro la cabeza para mirar a Eco. Entonces me detengo y me fijo en los monitores. El que muestra los latidos del corazón me dice que su corazón sigue funcionando. De momento, tendré que conformarme con eso.

Salgo del cuarto y recorro el pasillo hasta llegar al salón. Tiene sillas y mesas, una máquina que hace té y un café que huele fatal, también un sofá frente a un televisor en el que se ve a un hombre rollizo con unos pantalones cortos brillantes haciendo ejercicio con un grupito de señoras mayores. Estoy a punto de dejar el té que acabo de hacerme encima de la mesa para unirme a los ejercicios cuando entra una mujer regordeta con una amplia sonrisa.

—¡Tú debes de ser la hermana de Eco!

—Sí, debo de serlo —digo, e inmediatamente me arrepiento de mi tono sarcástico.

—Por favor, siéntate y hablemos.

Me siento ante una mesa nada acogedora. Ella se sienta frente a mí.

—Soy Jan —se presenta—. ¡Me alegro mucho de que por fin nos conozcamos! Tu madre me dijo que te llamabas Lucero. ¡Me encanta!

—Le ha tomado el pelo —la corrijo—. En realidad, me llamo Ele.

—Ah. Vale. Bueno, Ele, pues mi trabajo es ayudar a los familiares de niños con cáncer a entender lo que están pasando y también informaros sobre los recursos de los que disponéis.

—¿Cáncer? —Me he quedado boquiabierta desde que la oí pronunciar esa palabra—. Creo que me confunde con otra persona. Nadie ha dicho nada de que mi hermana tenga cáncer.

Se pone derecha en la silla y cruza las manos encima de la mesa.

—Tiene cáncer, una variedad muy poco frecuente llamada rabdomiosarcoma. Solo lo padecen cinco niños entre un millón.

—Mi hermana se llama Eco. Tiene una cosa en la boca que está empujándole los dientes hacia adelante.

Asiente.

—Sí, el rabdomiosarcoma. O sea, el tumor. Está creciendo muy deprisa. Sé que es un golpe…

—¿Cinco niños entre un millón? ¿Eso ha dicho? Ni de broma puede tener eso. Hay más probabilidades de que la alcance un rayo.

—Bueno, quizá. Pero no la ha alcanzado un rayo. La ha… atacado un rabdomiosarcoma.

—Por favor, ¿puede dejar de repetir esa palabra?

Inspira despacio y pone una cara como si estuviera aquí para repartir felicidad.

—Mi función es ayudarte a saber más sobre él y ayudaros a ti y a tus padres a conocer los recursos de los que disponéis.

—¡Ya me lo ha dicho!

Mi corazón late como loco y mi respiración se vuelve agitada. Busco mi agenda en el bolsillo de la blusa, la hojeo rápidamente sin leer lo que hay escrito en ella y después la dejo caer delante de mí, encima de la mesa, donde se queda inmóvil e inservible.

Jan saca una carpeta con el nombre del hospital de su bolsa de lona. Me la enseña.

—Esto es una especie de dosier de iniciación que he preparado para ti. —Abre la carpeta—. Esta sección explica qué es un rabdomiosarcoma. Esta otra habla de los distintos tipos de tratamiento que Eco puede recibir.

—¿Va a ponerse bien?

—Bueno, tu hermana va a recibir los mejores cuidados. Los médicos van a trabajar en equipo para encontrar…

—¿Va a vivir? Solo dígame que va a vivir.

Jan cruza las manos. Habla como si sopesara cada palabra que sale de su boca:

—Hay muchos factores que contribuyen a sobrevivir a un cáncer.

Me levanto como impulsada por un resorte y la silla cae al suelo. Al salir del salón, tiro a la papelera mi agenda inservible. Comienzo a correr por el pasillo en dirección a la habitación de mi hermana. La conversación cesa cuando aparezco en la puerta.

—¿Ele? —dice mamá.

—¿Por qué no me lo dijisteis? ¿Por qué habéis decidido que me lo dijera esa mujer?

Mamá vuelve la vista a papá, que le devuelve la mirada en silencio. Corro hacia la cama de Eco y apoyo la mano en su brazo. Está caliente, noto la vida en su interior. Mamá se acerca y me rodea con un brazo, pero no le hago caso. Por el contrario, miro el monitor, que muestra los latidos del corazón de Eco: bum, bum, bum, bum.

5

EL VIERNES POR la mañana me despierto y comienzo a llorar. Es lo primero que hago. Pienso en la litera vacía que tengo debajo. Pienso en la posibilidad de que se quede vacía para siempre. Pienso que se acerca el cumpleaños de Eco y que quizá no esté para celebrarlo. Pienso en las vacaciones sin ella, en Navidad, en Halloween. Imposible ser felices haciendo todo eso sin ella. Éramos tres en la familia antes de que ella llegara, y estábamos bien. Pero no quiero que volvamos a ser una familia de tres.

No podemos volver a ser tres. No es justo para Eco. No es justo para mí.

El martillo neumático y demás herramientas eléctricas vuelven a la vida y anuncian las siete, la edad que tendrá Eco en su próximo cumpleaños. Pienso en la mierda que sería el mundo si Eco no consiguiera llegar a su séptimo cumpleaños. Entonces papá llama a la puerta y la abre.

Me mira, me observa con atención.

—Buenos días.

—Una apreciación muy generosa.

Asiente.

—Te doy permiso para faltar un día a clase. ¿Quieres que sea hoy?

—Sí.

Vuelve a asentir.

—De acuerdo. Voy a hacer el desayuno.

Cierra la puerta. Me quedo en la cama y lo oigo llamar a la academia. En realidad, hace dos llamadas. Una a mi academia y otra al colegio de Eco. Después oigo la sartén y la cafetera, todo ello junto con el martillo neumático, las sierras y los demás ruidos.

Desde el conducto de ventilación me llega un olorcillo a tortitas, pero no logra conectar con mi estómago. Huelo el café, oigo el silbido del hervidor, pero no logran sacarme de la cama. Al final, papá viene a buscarme.

—Tienes que comer algo —dice.

Sentada a la mesa, picoteo las tortitas sin ganas. En lugar de cortarlas en pedazos grandes con el cuchillo, las desgarro con el tenedor.

En la radio suena la emisora de música clásica, pero de poco sirve con todo el ruido y destrucción de la casa de al lado. Maullidos salta de la silla a la mesa. Me mira, ve mi expresión y vuelve a saltar al suelo.

—Estaba pensando que podrías ayudarme con una cosa —dice papá.

—Qué —pregunto como un autómata.

—Esto va a ser duro para todos. Pero podemos superarlo juntos. Y en consonancia con esa idea, he ideado un eslogan un poco cursi.

—Ah.

Querría haber dicho «Ah, ¿sí?», pero no me ha salido.

—El eslogan es «Todos para uno, cuatro para uno».

Bebo un sorbo de té.

—Un poco redundante, ¿no?

Se inclina hacia delante.

—En la segunda parte, matizo que todos somos los cuatro.

—Lo capto. Solo era una broma. —Tomo otro sorbo de té—. No está nada mal.

—¿El té?

—No, tu eslogan. Me parece bonito.

Se yergue en la silla.

—Gracias. Bueno, he pensado que podías hacer un cartel. Algo que nos motive como familia y que nos recuerde que estamos juntos en esto. Pensé que, como tienes tan buena letra, podías encargarte tú. Por ejemplo, podríamos comprar una pizarra y tú escribirías el eslogan y todas las demás cosas que debemos hacer los cuatro. Por ejemplo, comer sano.

—Ya comemos sano.

—Bueno, pero podríamos comer aún más sano. —Papá señala el plato que tiene delante—. Fíjate, a este desayuno le falta algo de color.

Bostezo.

—Dormir bien.

—Sí, y hacer ejercicio. ¿Qué más?

Levanto la taza para beber otro sorbo, pero interrumpo el movimiento antes de llevármela a los labios.

—Reír.

—¡Eso! Sí, reír. La risa es la mejor medicina.

—Suerte con eso. —Bebo otro sorbo de té—. Quizá nos hagan falta unas cuantas películas de risa.

—No es mala idea. Podemos decir todos cuáles son nuestras favoritas.

—Y libros divertidos.

Intento comer un trozo de tortita.

—Vamos a comprar una pizarra en la tienda de material artístico —dice papá—. Y puedes escribir todo eso y que te quede bonito.

—Puedo utilizar tizas de distintos colores.

—¡Sí!

—Y las tizas de cuatro colores derrotarán al cáncer y devolverán la salud a Eco.

A papá se le borra la sonrisa. Extiende la mano y me acaricia el brazo.

—Sé positiva. Eso es lo más importante que hay que escribir en la pizarra: «Ser positivos».

—De acuerdo.

—Y apoyarnos unos a otros cuando alguno esté decaído.

—De acuerdo.

La cocina se queda en silencio, a excepción del ruido del hormigón al ser reducido a polvo y de la madera al ser hecha astillas procedente de la casa de al lado.

—La verdad es que estoy bastante triste en este momento —confieso.

Papá se aparta de la mesa, se arrodilla a mi lado y me abraza.

—Todo va a salir bien —asegura.

Veo todo borroso a través de las lágrimas.

—No quiero que todo salga bien. Solo quiero que Eco se ponga bien.

Pero no es capaz de decirme que Eco va a ponerse bien. No es capaz, porque se le da fatal mentir o afirmar cosas que no está seguro de que sean ciertas. Así que se limita a estrecharme más fuerte y por ahora tendré que conformarme con eso.

Después de desayunar vamos a la Biblioteca Jefferson Market. Es mi favorita, pero lo es un poco menos sin Eco. Le entusiasman la sección infantil y la escalera de caracol, y su entusiasmo es contagioso. Pedimos un par de libros para ella, para que la ayuden a pasar el tiempo en el hospital.

Después vamos a la tienda de material artístico a comprar una pizarra pequeña —que además es magnética— y tizas de colores, también varios imanes más para poder pegar dibujos encima. Recogemos todo y nos dirigimos a la caja.

—¡Tate! —exclama el cajero, un hombre de la edad de mi padre—. ¿Cómo está Eco?

Papá sonríe.

—Se mantiene fuerte. Es una niña muy valiente.

El hombre me mira.

—¡Hola, Ele!

—Hola —respondo. No me acuerdo de su nombre, pero él siempre recuerda el mío.

El hombre se inclina hacia papá y baja el tono de voz:

—No hacemos más que pensar en Eco. Escucha, llevas años gastando mucho dinero en esta tienda, desde los viejos tiempos. Deja que esto te lo regalemos nosotros. Será nuestra manera de agradecértelo.

—¿Estás seguro?

El hombre mete el material en una bolsa.

—No es nada. Oye, ¿sabes una cosa? Vamos a poner un tarro para que la gente eche el cambio. O lo que pueda. Para ayudaros con los gastos.

Papá se lleva al corazón la mano libre.

—Es todo un detalle.

—Tendremos a Eco en nuestros pensamientos. —Me mira—. Os tendremos a todos. Sois una de las mejores familias del barrio. Todo el mundo lo sabe.

—Gracias —responde papá con una sonrisa—. Hasta pronto.

No frunzo el ceño hasta salir de la tienda. No hago más que pensar en mi nuevo estatus —la hermana de Eco, la otra hija de la familia que necesita de la caridad de los vecinos— durante todo el camino a casa.

Cuando llegamos, escribo el rótulo en la pizarra, la verdad es que me levanta un poco el ánimo a pesar de

74

que también me hace llorar. No entiendo muy bien cómo puede pasar eso.

TODOS PARA UNO – CUATRO PARA UNO
comer sano – dormir bien – hacer ejercicio –
reír – apoyarnos unos a otros cuando
estemos decaídos – ¡ser positivos!

Papá me pide que busque fotos divertidas para la pizarra y las coloco en las esquinas.

Hay una de Eco en el tiovivo de Central Park un día de verano, cuando tenía cinco años y por fin accedió a montarse sin que papá tuviera que estar a su lado, pero solo porque la sobornó con la promesa de comprarle un helado cuando se bajara. Hay otra de su primer día en la guardería, junto a la puerta, con su vestido de primer día de cole, sonriendo con lágrimas en los ojos. En la tercera foto lleva puesto un sombrero de fiesta por su sexto cumpleaños, justo antes de que se encerrase en el baño después de que se asustara con Astillas, la muñeca del ventrílocuo que amenizaba la fiesta. En la última estamos los cuatro –papá, mamá, Eco y yo– sentados en un banco del Rockefeller Center con el árbol de Navidad gigante a nuestra espalda. Es la foto que utilizamos para felicitar la Navidad el año pasado.

Cuando termino de mirar las fotos y de recordar mil cosas mientras selecciono las que quiero colgar, me siento más que preparada para ir a verla. Estar separada de Eco me da dolor de corazón.

A la hora de comer, papá prepara un sándwich de queso fundido para cada uno. Le recuerdo que se supone que tenemos que comer sano, así que añade aguacate y tomate en rodajas, que le dan un sabor delicioso. Lo corta en diagonal y me lo tomo con un vaso de leche de cáñamo fría.

Después de almorzar, bajamos a la estación de metro, donde vuelvo a ver al hombre del piano. Cuando llegamos al andén, está tocando una vieja canción de *jazz* llamada «Perdámonos». Perderse —como sugiere la canción— me parece una idea estupenda, pero estoy atrapada en el mundo real.

Papá mira las vías como si el tren estuviera a punto de llegar entre rugidos y tuviéramos que subirnos en marcha. Finge no darse cuenta de la presencia del pianista.

—Me encanta esta canción —comento.

Se vuelve hacia mí.

—A mí también.

Muevo la cabeza al compás de la melodía.

—La toca muy bien.

Papá sonríe abstraído.

—La verdad es que sí.

Pruebo a exagerar el sentimiento de culpa.

—Es bonito escuchar un piano, ahora que ya no tenemos uno en el salón. Bueno, sin contar el teclado que está metido en el armario.

Papá aparta la mirada y vuelve a posarla en las vías del túnel en dirección sur. Cuando vuelve a mirarme, estoy chasqueando los dedos. Papá hace un gesto de resignación y saca la cartera.

—Cariño, esta va a tener que ser la última vez, de momento. —Me da un billete de un dólar—. Tenemos que andar con cuidado con el dinero. Es que…

Espero, pero no termina de expresar lo que está pensando. Así que me acerco corriendo al hombre del piano y doblo dos veces el billete antes de echarlo en el tarro. De nuevo, me sonríe, y al ver su sonrisa me doy cuenta de que va a ser la sensación más agradable que va a traerme el día. En este momento, todo está en orden en el universo. Pero entonces el tren llega a la estación bramando, haciendo chirriar los frenos y ahogando la música, y es hora de volver junto a papá y subir.

La puerta del tren se cierra y nos sumimos en la oscuridad. Me miro reflejada en la ventana frente a mí y me acuerdo de una ocasión cuando Eco era pequeña, tendría quizá dos años. Papá le dio un dólar para un saxofonista que había en Washington Square, pero era tan tímida que quiso quedarse con él. Por fin reunió el valor suficiente para acercarse, pero después de dejar caer el dólar metió la mano en el tarro, sacó un puñado de billetes y echó a correr tambaleándose.

Me hizo pasar mucha vergüenza, aunque yo no era mucho mayor entonces de lo que Eco es ahora. Al saxofonista le hizo mucha gracia, pero solo porque al final recuperó el dinero. Ahora, mientras circulamos por el túnel oscuro, miro mi imagen reflejada en la ventana y me veo patética. Me veo como si deseara que mi mayor preocupación por mi hermana fuese que me hiciera pasar vergüenza.

—Eco tuvo una intervención esta mañana.

Las palabras de papá apartan mi pensamiento de la imagen reflejada en la ventanilla del tren.

—¿Una intervención?

—Cirugía menor.

—¿Le han quitado el tumor?

—No, le han instalado un reservorio en el pecho. Va conectado al torrente sanguíneo para que puedan inyectarle la medicación cada semana. Quieren reducir el tumor con quimioterapia durante unas doce semanas y después operarla para extirparlo.

—Entonces, ¿todo va a salir bien?

Sonríe, pero, una vez más, poco convencido.

—Va a encontrarse fatal con la medicación. Hará que se le caiga el pelo y provocará otros efectos secundarios muy desagradables. Pero funcionará. Reducir el tumor antes de extirparlo supondrá hacer un orificio más pequeño en el paladar y con un poco de suerte que no pierda tantos dientes.

Me sienta como un puñetazo en el estómago. Luego papá me explica que, como premio añadido, la medicación debilitará su sistema inmunológico, así que se pondrá enferma con facilidad y le costará mejorar mientras esté enferma. Así que todos tendremos que lavarnos las manos constantemente para mantener a los gérmenes alejados de ella, y si uno de los otros se pone enfermo, tendrá que vivir en otro sitio mientras dure la enfermedad.

Dice que lo primero que haremos al salir del hospital será vacunarnos contra la gripe.

Todo suena horrible. Pero una parte de mí está deseando que empiece, porque el tumor está creciendo a toda velocidad. Me da miedo que llegue a ocupar la cabeza entera. ¿Y qué significaría eso? Si va a librarse una batalla, quiero que comience ya. Quiero que dejen que sea Eco quien aseste el primer golpe a su enemigo.

Pienso en todo ello mientras recorremos el camino entre el metro y el hospital y al verla en la cama una vez allí. Tiene la cabeza ladeada y el gotero aún enganchado a su brazo. Cada pocos segundos lanzo una mirada al monitor para comprobar que su corazón sigue haciendo bum, bum, bum.

Recuerdo cuando mamá estaba embarazada de Eco y papá y yo la acompañamos al médico. Este tenía una varita apoyada en la barriga de mamá y la movió de un lado a otro hasta que el sonido de los latidos del corazón de Eco llenó la sala. Recuerdo la sonrisa de papá.

«Ahí está —dijo—. Que siga latiendo muchos años».

Han pasado menos de siete y ya existe una preocupación.

No la han dejado comer nada desde la pasada medianoche, ni siquiera beber agua, por la intervención para colocarle el reservorio. Está justo debajo de la clavícula derecha. Cuando se despierte, estará muerta de hambre y sed. También de dolor.

Oigo a papá hablar por teléfono junto a la ventana. Está de espaldas a mí, pero oigo lo que dice.

—Eso no tiene sentido. ¿De qué sirve un cuadro médico si nadie de ese cuadro médico es capaz de llevar a cabo esa cirugía?

Se vuelve hacia mamá, que está sentada con el cuaderno de bocetos en la silla de respaldo alto. Lo mira fijamente, con expresión abatida.

Papá se gira de nuevo hacia la ventana. Es la imagen de la derrota.

—Bueno, pues tienen que encontrar una solución. Plantéenselo a la persona que decide las excepciones. El motivo de esas excepciones es que, si no tienen a nadie en su cuadro médico que pueda hacerlo, deben buscar a alguien ajeno a ese cuadro médico. Y esto… no es una cosa que pueda esperar.

Cuelga el teléfono y lo guarda en el bolsillo; después se vuelve hacia mamá. Yo miro al televisor, pero está apagado.

—¿Has hablado hoy con Ingrid? —Se refiere a la jefa de mamá.

En vez de contestarle, mamá se dirige a mí:

—Ele, ¿podrías hacerme un favor y bajar corriendo a la primera planta a buscar un *capuccino*? Compra algo para ti también si quieres.

Me comporto como si estuviera alegre.

—Genial. Papá, ¿tú quieres algo?

—No, gracias.

Mamá me da un billete de diez dólares.

—Un *capuccino* doble, por favor.

Sonrío y salgo de la habitación. El puesto de control de enfermeras está justo enfrente de la puerta, así que no puedo quedarme aquí de pie espiando y escuchando a escondidas, pero sí puedo agacharme a atarme los cordones de los zapatos, así que eso es lo que hago.

Mamá habla en voz baja:

—Ingrid me dejó unos diez mensajes de voz mientras Eco estaba en el quirófano.

Desato los cordones del zapato izquierdo y vuelvo a atarlos despacio formando grandes lazadas.

—¿Qué te dijo? —pregunta papá.

—Me dijo que tenía que decidir si el trabajo era importante para mí.

Muy despacio, desato los cordones del zapato derecho.

—¿Le devolviste la llamada? ¿Qué le dijiste?

—Le dije que ahora mismo lo más importante para mí era cuidar de Eco.

Hago las lazadas del zapato derecho con parsimonia.

—Entiendo que la cosa no acabó bien.

—No. —La voz de mamá suena afligida.

Aprieto bien las lazadas, entonces me alejo deprisa y sin hacer ruido.

Espero al ascensor en el pasillo. Desde la ventana contemplo el centro de Manhattan, los altos edificios de esta ciudad extraña y escalofriante. Es la misma ciudad de siempre, pero ahora me parece siniestra y letal.

Si mamá pierde su trabajo, solo queda el trabajo a tiempo parcial de papá como profesor de dibujo en actividades extraescolares, enseñando a pintar a niños de cinco años. Eso es lo que hace mientras estudia el máster para enseñar a pintar a estudiantes universitarios por mucho más dinero.

Recuerdo cuando todo cambió. Estábamos tomando tortitas un sábado por la mañana en la mesa del desayuno. La llamamos «mesa del desayuno», pero es la única que hay en nuestro pequeño apartamento y es allí donde hacemos todas las comidas. Está en la cocina, tan diminuta que prácticamente alcanzas el cajón de los cubiertos sin moverte de la silla.

Papá bebió un sorbo de café y dejó la taza encima de la mesa.

—Mamá y yo tenemos que daros una noticia estupenda.

Miré a papá, luego a mamá, y tragué el trozo de tortita que estaba masticando.

—¿Qué es?

—¡Vamos a tener un perro! —exclamó Eco.

Miré a Eco, luego a mamá.

—¿En serio?

Mamá sonrió.

—No. Maullidos no querría ni oír hablar del asunto.

—¡Un conejo!

—Mucho más grande —dijo papá, y miró a mamá.

—¡Un oso!

—¡Eco, para! —grité.

En realidad no creía que fuéramos a tener un oso, pero siempre está diciendo bobadas.

—No un animal más grande —aclaró mamá—. Una noticia más grande.

Volví la vista de ella a papá y luego la miré de nuevo.

—¿Vas a tener un bebé?

Mamá sonrió, pero hizo un gesto negativo. Ninguno de ellos parecía muy impaciente por contárnosla, fuera la que fuera.

Por fin papá bebió otro sorbo de café y habló:

—Ingrid, la principal clienta de mamá, le ha ofrecido un puesto.

Me apoyé en el respaldo.

—Y eso ¿qué significa?

—Significa —empezó mamá— que en lugar de venderle los vestidos que hago yo, voy a diseñar vestidos para ella que después confeccionarán otras personas. Y eso significa mejor sueldo. Y seguridad.

—Y beneficios —añadió papá—. Después de seis meses.

Eco se quedó desilusionadísima. Volvió a concentrarse en su tortita.

—¿Qué más? —pregunté. Porque sabía que eso no era todo.

Mamá dio un mordisco a su tortita y habló con la cabeza inclinada hacia el plato:

—¿Os acordáis de cuando papá y yo os enseñamos el centro donde estudiamos secundaria y bachillerato? ¿La Academia de Artes del Village?

—Sí.

La observé con atención. Seguía comportándose como si las tortitas fueran lo más importante que tenía en mente, pero yo sabía que no era así.

—Bueno —dijo—, ahora que vamos a tener más ingresos, podemos matricularte allí. —Por fin me miró a los ojos—. Si es que sigue siendo ese tu deseo.

—¡Sí!

Por supuesto que seguía siendo mi deseo. Al menos, eso creía.

Papá carraspeó:

—Siempre y cuando también apliquen el descuento a hijos de antiguos alumnos que hubieran sido expulsados la semana anterior a la graduación.

Me quedé boquiabierta.

—No te preocupes —me tranquilizó mamá—. Uno de nosotros terminó con éxito. O sea, yo.

Mamá miró a papá, que se apresuró a pinchar un trozo de tortita y llevárselo a la boca.

De pronto me asaltó una preocupación.

—¿Y Maisy? ¿Y el resto de mis amigos?

Papá levantó los brazos.

—¡Puedes hacer nuevos amigos!

Lo dijo como si fuese una idea brillante.

—Lo que tu padre quiere decir —explicó mamá— es que puedes seguir siendo amiga de todos los niños que conoces de tu actual colegio, pero también podrás hacer nuevos amigos en la academia.

—¿Y el tenis? —pregunté—. Dijisteis que en la academia no había deportes.

—No hay problema. —Papá despejó mis temores con un gesto de la mano—. Podemos apuntarte a algún club de la ciudad.

Después mamá me miró a los ojos con una expresión muy alegre.

—Y además, en vez de hacer vestidos en el salón y vendérselos a Ingrid y a otras *boutiques*, iré a su estudio del Distrito de la Moda todos los días.

—¿Y Maullidos? —preguntó Eco—. ¡Va a sentirse muy solito!

—¡A Maullidos va a encantarle tener el apartamento para él solo! —Papá se giró en la silla—. ¡Miradlo! ¡Nos ha oído hablar de él y ha venido para decirnos lo contento que está!

Todos miramos a Maullidos, que estaba inmóvil junto a la nevera. Observamos las convulsiones de su estómago y luego escuchamos el terrible ruido como de tos seca cuando expulsó una bola de pelo en el suelo de la cocina.

Por supuesto que no todo ha salido a la perfección. Ahora solo practico mi adorado tenis un día a la semana en el club, en vez de todos los días en el colegio. Mi otra actividad favorita, tocar el piano, tampoco se ha visto favorecida. Aun con los maniquíes de mamá guardados, ahora que trabaja en el estudio de Ingrid y no en el salón de casa, hay que recoger el teclado en el armario cuando termino de tocar. Nuestro profesor de piano se fue a vivir a Francia a principios de verano, y papá y mamá hablaron de buscar uno nuevo. Pero ahora estoy segura de que eso no va a ocurrir.

Y lo peor de todo, durante el verano, después de enterarme de que iba a ir a un centro distinto, los amigos que tenía se convirtieron en «los amigos que tuve en otro tiempo», porque la gente prefiere tener amigos a los que puedan ver todos los días. Cuando me envían algún mensaje, me da la impresión de que lo hacen porque les doy pena o porque se lo mandan sus madres. Mamá dice que son imaginaciones mías, que por supuesto que quieren seguir siendo mis amigos. Pero ahora, con Eco enferma y este terrible diagnóstico, lo último que me apetece hacer es responder a los mensajes y hablar sobre mi desgraciada nueva vida.

Como si me hubieran adivinado el pensamiento, mi teléfono vibra en mi mano apretada. Aparto la vista del monitor del corazón de Eco y miro la pantalla. Es otro mensaje de Maisy.

Deseando que me cuentes cosas de tu nueva academia. ¿Qué tal Eco, le gusta la primaria?

Tecleo una mentira a toda prisa.

¡Todo genial! Ando muy liada. ¡Hablamos luego!

Estoy harta de dar vueltas a las respuestas a mis propias preguntas, así que de las preguntas de Maisy o de quien sea ya ni hablamos. Estoy cansada de fingir que las cosas van bien y no quiero contar cómo son en realidad.

Suena el tilín del ascensor, lo que me devuelve al momento presente. Se abren las puertas y me pregunto cuánto tiempo llevo aquí parada, cuántas veces habrá llegado el ascensor y se habrá ido mientras mi mente volaba hacia otro lado. Entro, se cierran las puertas y me empiezan a caer las lágrimas. Observo cómo los números van iluminándose a medida que desciende desde la séptima hasta la primera planta, entonces me seco los ojos antes de que las puertas vuelvan a abrirse.

Mientras espero en la cola para comprar el *capuccino* doble de mamá y un cremoso batido helado para mí, pienso en la hipotética y agónica situación de nuestra familia viviendo en la calle y mendigando comida mientras el tumor de Eco sigue creciendo. Imagino que va a operarla un tipo con una cuchilla oxidada debajo de un puente sobre el río Hudson. Si papá no consigue lo que quiera que estuviese discutiendo en sus llamadas desesperadas a la compañía de seguros, no sé de qué manera va a terminar mejor.

Pido y le doy el billete de diez a la cajera. Me devuelve menos de un dólar. Echo un centavo en el bote de las propinas para hacer un poco de ruido y guardo el resto en el bolsillo de los vaqueros.

Cuando vuelvo a salir del ascensor en la séptima planta, vibra el teléfono. Otro mensaje de Maisy:

¡Ele! ¿Te han abducido los extraterrestres? Ja, ja, ja. ¡Tenemos que vernos!

Me quedo mirando la pantalla, sus palabras. Dejo las bebidas encima del mostrador del puesto de control y respondo:

¡Ja, ja, ja! Sí, unos extraterrestres muy aficionados a poner toneladas de deberes. Sobre todo ciencia aeroespacial y astrofísica, por supuesto. ¡Sí, tenemos que vernos pronto!

De nuevo frente a la habitación, oigo la voz de Eco desde la puerta.

—¿Dónde está Ele?

Entro con una bebida en cada mano. Mamá deja a un lado su libro de bocetos, se levanta y se acerca a Eco.

—Está aquí, cariño. ¿Cómo te encuentras?

—Como si hubiera estado en una nave espacial. ¿Qué me han hecho los extraterrestres?

Mamá sonríe.

—Te han puesto una vía torácica, ¿recuerdas?

—Pero no los extraterrestres —añade papá—. Los médicos.

—Hola, Eco —saludo y le doy a mamá su *capuccino*—. Te he echado de menos.

—Y yo a ti.

—Vine a verte ayer, pero estabas dormida.

Entra un enfermero, esta vez un chico con la cabeza rapada.

—Hola, Bella Durmiente. ¿Cómo estás?

—Bien.

—¿Te duele algo? ¿Notas dolor en algún sitio?

—No.

—Genial. Ahora necesito comprobar tus constantes vitales.

Le pone el tensiómetro en el brazo.

—Ele, dime qué te parece esto.

Mamá alcanza su cuaderno de bocetos y lo gira para enseñármelo. Es el dibujo de un vestido. Las proporciones indican que es para una niña pequeña. Mamá señala el dibujo con el lápiz.

—Esto es una solapa para acceder al reservorio, así que si una niña necesita quimioterapia y quiere ponerse un vestido, puede hacerlo. No tiene que quitárselo ni descubrir el hombro para recibir el tratamiento.

Otra faceta de nuestra nueva y triste realidad. Pero mamá sonríe y la nueva regla es «ser positivos», así que yo también sonrío.

—Guay.

—Se me ocurrió que podía hacerle a Eco un vestido como este. Y si funciona, quizá podría hacer más e intentar venderlos.

—¿No hay nadie que lo haga ya?

Mamá cierra el cuaderno y lo deja encima de la mesilla junto a la cama de Eco.

—Bueno, sí, pero los que he visto tienen un aspecto demasiado… corporativo. Como si fuesen suministrados por un hospital en lugar de comprados en una *boutique* de moda.

—Todo en orden —dice el enfermero al tiempo que retira el tensiómetro del brazo de Eco—. ¿Lista para un polo?

—¡Sí!

Eco ya está oficialmente despierta.

—Genial. Ahora vuelvo.

—De todos modos —continúa mamá—, ¿te acuerdas de cuando tenía mi propio taller de costura?

—Claro. En el salón de casa.

—Sí. Bueno, Eco no va a poder ir a clase durante una temporada. Por lo menos durante unos meses, hasta después de las vacaciones de Navidad. Así que ahora mismo poder trabajar desde casa resulta muy atractivo.

—¿Te ha despedido Ingrid?

Carraspea.

—Le he dicho a Ingrid que no iba a poder satisfacer sus necesidades.

Papá se levanta del banco junto a la ventana.

—Cuando se cierra una puerta, se abre otra.

Lo miro. Alza las manos con un movimiento de elevación y me hace una mueca.

—Muy bien —respondo—. Tiene una pinta interesantísima.

Papá levanta su pulgar para felicitarme por ser positiva.

—¡Polos! —exclama Eco. El enfermero acaba de entrar con uno en cada mano. Uno para Eco y otro para mí.

Nos los comemos juntas y la observo. Parece que ella sí puede apreciar el sabor dulce del polo, pero yo solo percibo el frío.

6

EL SÁBADO POR la mañana me despierto antes que papá. Solo llevo una semana de clase, pero ya me he acostumbrado a despertarme demasiado temprano. El martillo neumático se ha tomado el fin de semana libre, igual que todas las demás herramientas ruidosas. Sin embargo, me levanto pronto de todos modos.

Los sábados voy a pelotear un rato al club de tenis y a destruir a mi oponente de la Liga Hudson Junior, así que me levanto de la cama a pesar de lo cansada que estoy. Preparo una tostada y una salchicha vegetariana para mí y una tetera de té fuerte para compartir con papá. Él toma café durante la semana, pero los fines de semana siempre prefiere el té porque son días más relajados. Estoy casi terminando el desayuno cuando entra en la cocina arrastrando los pies.

—Buenos días —le digo con la boca llena de pan tostado—. Hay té hecho.

—Gracias.

Luego levanto en el aire la raqueta de tenis que llevaba en el regazo y la agito ante él.

Papá esboza una sonrisa sombría y se sienta a la mesa.

—Sobre el tenis… —empieza.

—¿Qué?

Alcanza el hervidor reluciente y se sirve una taza entre nubes de vapor.

—Sé lo mucho que te gusta el tenis.

Esto no va a acabar bien.

—Y además es buenísimo en todos los aspectos. —Mete y saca varias veces la bolsita de té de la taza—. Ejercicio, liberación de estrés…

—Sentirse bien al destruir con elegancia a la chica que juega al otro lado de la red.

—Sí. —Sonríe—. Pero ahora mismo, con Eco en el hospital y teniendo que recibir tratamiento todos los jueves, que probablemente suponga que se encuentre fatal los sábados, la distancia y el gasto…

—¿Estás diciéndome que ya no puedo jugar al tenis?

—Solo temporalmente. —Tiende la mano hacia mi brazo—. Lo siento, Ele.

Aparto el brazo. Si no puedo jugar al tenis, él no puede tocarme el brazo.

—Sé que es frustrante —continúa—. Pero estaba pensando que quizá podamos jugar juntos con el disco volador. Es relajante, el movimiento es como el revés en tenis. Y podemos practicarlo en medio de la calle, así que no tenemos que pasarnos la mitad del día desplazándonos a otro sitio para hacerlo.

—Jugar en la calle es un rollo. Siempre se cuela por los huecos de las escaleras.

—Entonces quizá podamos jugar a lanzar y atrapar la pelota de béisbol.

—¿Te acuerdas de aquel coche que acabó con la ventanilla rota?

—Ah, sí, es verdad, ya me acuerdo. —Vuelve a sonreír—. Pues podríamos jugar igual, pero con una pelota de tenis.

—Genial. Para que recuerde lo que estoy perdiéndome.

Bebe otro sorbo de té.

—No es el final del tenis, igual que para Eco tampoco es el final del colegio. Algún día volverá, y tú también volverás a jugar al tenis.

Tenía que plantearlo desde el punto de vista del cáncer de Eco para hacerme sentir fatal por ponerme tan refunfuñona por no jugar al tenis. Como si no se quedara a gusto hasta que todos los miembros de la familia estuvieran sufriendo por igual.

«Uno para todos, cuatro para uno».

La sesión de lanzamiento de pelota de tenis no resulta tan horrible como me temía. Me gusta el tacto de la pelota al lanzarla y atraparla y me doy cuenta de que mi cuerpo estaba agarrotado por el estrés. Por eso «hacer ejercicio» es uno de los principios que aparece en la lista de la pizarra de *cuatro para uno*.

Además, la calle está más tranquila los fines de semana. Y Nueva York en septiembre puede llegar a ser tan bonita como cualquier otro lugar.

Eco no hace más que venírseme a la mente. Cuando pienso en ella no son pensamientos felices. Cuando no, me da igual cualquier otro pensamiento...

Los árboles con sus galas verdes de otoño.

La pelota de tenis volando de un lado a otro entre mi padre y yo.

La señora mayor que pasea a su perro diminuto por la acera con un parche en el ojo.

Como ocurre cuando los días son cortos y se alternan la oscuridad de la noche y la luz del día, mi mente alberga unos segundos el recuerdo de que Eco tiene cáncer y después da paso a otra cosa durante otros pocos segundos.

Papá lleva la pizarra de *cuatro para uno* cuando salimos hacia el metro a primera hora de la tarde. Nos dirigimos a la estación al sur de la Biblioteca de Jefferson Market, pero antes papá quiere pasar por un mercado de productos saludables para comprar un zumo revitalizante que contenga cúrcuma. Cuando dicen «revitalizante» quieren decir «asqueroso», y no sé cómo piensa convencer a Eco para que se lo tome. Pero lo hace con su mejor intención, así que no le digo que será inútil.

Oigo el piano mientras bajamos las escaleras hacia el andén. Se me cae el corazón a los pies. No quiero quedarme parada escuchando al hombre del piano tocar tan bien sin poder darle nada.

Me detengo a medio camino.

—¿Por qué no vamos andando? Así ahorramos dinero. Hace un día precioso y el ejercicio nos vendrá bien.

Papá niega con la cabeza.

—Esta vez no. Tengo que llevar demasiadas cosas. Además, es una caminata larga. Vamos a tener un día muy ajetreado.

Hago un gesto de fastidio. Después recuerdo que no podemos permitirnos estar en plan negativo, así que vuelvo a poner la cara normal y sigo bajando hacia las vías dirección norte y las vías dirección sur y el piano en el andén que las separa.

Tenemos que pasar junto a él. Está tocando una canción de Scott Joplin, que tiene por lo menos cien años, mucho mejor de como podría hacerlo yo. Se llama «Consuelo» y es desgarradoramente hermosa a pesar de la terrible acústica de la estación de metro. Tenemos que quedarnos cerca de él, porque no tendría ningún sentido alejarse.

Me encantaban las clases de piano, aunque no es que fuera una virtuosa. Eco aprendió mucho más rápido. Por supuesto ahora no existe ninguna posibilidad de que papá y mamá puedan pagarnos las clases. Llega un tren en dirección sur y ahoga la canción de Joplin. Luego se detiene y vuelve a oírse «Consuelo». Me siento fatal por

95

disfrutarla y no poder darle nada al pianista, pero en cualquier caso el dinero era de papá. Y como dice él, la mayoría de la gente no le da nada.

Pero quizá la mayoría de la gente no la disfruta como yo.

Dirijo una mirada al pianista y él me sonríe. Yo hago lo mismo y aparto la vista. Pero por el rabillo del ojo veo que me hace gestos para que me acerque. Miro a papá y luego a las vías. No viene ningún tren que me obligue a alejarme, así que me dirijo hacia el hombre con pasos culpables.

—¡Hola! —dice, y termina la canción—. ¿Quieres algún tema en especial? Me dais dinero a menudo, pero nunca hacéis ninguna petición.

—No, gracias.

—Venga. Lo que sea. Si no te gustan estas viejas canciones, también sé otras que suelen gustaros a los chicos de tu edad.

—Me gustó esa última canción. Era justo lo que necesitaba escuchar.

—¡Gracias! Era de Scott Joplin.

—Lo sé.

Se le ilumina el rostro.

—Ah, ¿sí? ¿Tocas el piano?

—Antes recibía clases. Tenemos un teclado, pero nuestro piso es tan pequeño que siempre está guardado en un armario.

Se echa a reír.

—Sí, mi piano también tiene mucho más espacio aquí o en Washington Square que en mi apartamento. Pero tengo que llevármelo a casa todas las noches. O antes, si aparece la policía y me preguntan si tengo licencia. —Da un golpe a las teclas—. Pero no dejes el teclado metido en el armario. Sácalo y déjalo cantar.

Cruzo las manos.

—No soy demasiado buena.

—Sigue practicando. Dentro de algún tiempo lo agradecerás.

—Lo paso fatal con la mano izquierda.

Se rasca el mentón con barba de varios días.

—Podríamos tocar juntos. Tú con la mano derecha y yo, con la izquierda.

Sonrío. Después miro de soslayo al tren C dirección centro que llega chirriando.

—Quizá la próxima vez.

—Dime un tema de despedida.

No parece de los que aceptan un no por respuesta.

—«Todo me pasa a mí».

Se lleva la mano al pecho.

—¡Ah! Una chica con mis mismos gustos. Son los momentos como este los que me dan fuerza para seguir arrastrando mi piano todos los días. Hasta luego, cocodrilo.

Empieza a tocar, de un modo suave y triste y a la vez algo divertido. Vuelvo la cabeza y observo al pianista mientras corro hacia mi padre; él también está observándome. Papá y yo subimos al tren y las puertas se cierran.

Sigo oyendo la canción en mi interior al entrar en el túnel. Abro las manos y noto contracciones nerviosas en los dedos. Entonces, a pesar de que los demás pasajeros piensen que estoy loca, extiendo las manos como para tocar la canción en un teclado invisible.

Suena perfecta.

Cuando papá y yo llegamos al hospital, ya ha empezado la primera sesión de quimioterapia de Eco. Papá apoya la mano en el gotero que esta vez no vierte su contenido en su brazo, sino en el reservorio subcutáneo que le han colocado en la parte derecha del pecho. Papá inclina la cabeza y cierra los ojos. Casi parece como si estuviera rezando.

—Cumple con tu función —susurra a la bolsa de quimio—. Sin piedad.

No sé por qué, pero sus palabras provocan que se me llenen los ojos de lágrimas en ese mismo momento.

Pero a Eco todo eso le parece divertidísimo.

—Mirad, soy un robot —dice, y se pone a hacer el baile del robot.

Pero en realidad no puede hacer el baile del robot, porque está metida en la cama conectada a un tubito sujeto a su pecho. Así que se limita a mover los brazos con ademanes rígidos como se supone que hacen los robots al bailar.

Mamá sale un rato del hospital, lo que me sienta de pena porque apenas la he visto en toda la semana. Pero necesita un descanso después de estar encerrada con Eco en una habitación. No tanto por estar encerrada con Eco como por estar encerrada aquí. Así que se va a casa, adonde no ha vuelto desde el lunes, y hace un par de recados.

Eco no parece demasiado entusiasmada con la pizarra de *cuatro para uno*. Pero sí le entusiasma que papá haya traído el primer libro de Harry Potter para leérselo. Se sienta junto a la cama y lo abre por la primera página.

—Se lo leí a Ele cuando tenía tu edad —le dice—. Tardamos unos dieciocho meses en leer todos los libros, así que calculo que terminaremos la serie completa antes de que cumplas ocho años.

Sé que lo hace por insistir en mostrarse optimista. Detrás de cualquier afirmación como esa se esconde la preocupación de que no llegue a esa edad. Pero ser positivo, como él dice, es lo más importante.

—¿Dónde estaba yo mientras se lo leías a Ele? —pregunta mi hermana.

—Estabas dormida. Pero ahora eres una niña mayor, así que ya puedes con estos libros.

Eco está emocionadísima al saber que está siguiendo mis pasos. Coloca a su alrededor los peluches que trajo ella o que le llevamos nosotros para ponerse cómoda. Apago el televisor.

Papá sujeta el libro con los brazos estirados. Noto en su voz que se le forma un nudo en la garganta al leer las primeras palabras.

—Capítulo uno. El niño… que sobrevivió.

A primera hora del lunes, mientras esperamos que comience la clase con el señor D, contengo la respiración y mantengo la vista fija en el reloj de la pared. Tictac, tictac. Cada segundo que paso sin respirar es un año más que va a vivir Eco. Si puedo contenerla durante un minuto y medio, supondrá una vida bastante larga. Soy consciente de que es una superstición absurda, pero no peor que la de no pisar las grietas de las aceras para que no se le rompa la espalda a tu madre.

Treinta segundos. Tictac, tictac.

—¡Hola! —Es Sydney, la compañera que se sienta a mi izquierda—. Qué bonitos tienes los labios. ¿Están así de radiantes por el brillo que te has puesto?

Vuelvo la vista hacia ella, después de nuevo al reloj. Tictac, tictac.

Sydney se gira hacia mí en su silla.

—Tengo brillo de labios de frambuesa si quieres probarlo. A menos que te parezca una guarrada compartirlo.

Le miro los labios, luego el reloj de la pared. Tictac, tictac.

—¿El tuyo tiene brillo plateado? —Parece ansiosa por saberlo.

Me paso el índice por los labios y lo aparto para mirarlo. Después observo de nuevo el reloj de la pared. Sesenta segundos.

—Es precioso.

Escruta mi rostro a la espera de una respuesta.

Pero no puedo contestar, aunque piense que soy rarita o una maleducada. No hasta que pasen al menos noventa segundos. Lo único que puedo hacer es esbozar una débil sonrisa con los labios apretados para que no se escape el aire.

—Bueno. A mí también me gusta Emily Dickinson. Pero mi poeta favorito es…

Suena el timbre y la interrumpe. La cara de Sydney refleja contrariedad cuando la vuelve hacia el frente.

El señor D camina con pasos cortos de un lado a otro, delante de nosotras. Lleva unos pantalones caqui y un chaleco de punto y trae nuestros deberes corregidos en una gran carpeta.

Con una bocanada brusca, vuelvo a inspirar. El señor D detiene sus pasos, me sonríe con curiosidad y se dirige a la clase:

—Buenos días a todos. ¿Habéis pasado un buen fin de semana?

Unos cuantos chicos murmuran sí o no. A mí ni siquiera me ha parecido fin de semana. Además solo he logrado contener la respiración setenta y cinco segundos.

—Antes de nada, me gustaría devolveros vuestros trabajos, «El teatro de la emoción».

Estoy temblando porque sé que lo hice fatal. El señor D nos lo mandó el jueves y tan solo unas horas después me enteré de que Eco tenía cáncer. No fui capaz de concentrarme en el trabajo y se lo tuve que enviar por correo electrónico el viernes porque falté a clase. El resultado fue una ridiculez de redacción. Así que permanezco sentada en mi sitio fingiendo rebuscar algo en la mochila porque no quiero mirarlo a los ojos.

—Siempre me asombra la variedad de trabajos que salen de una clase cuando mando una redacción más o menos libre. —Comienza a recorrer los pasillos del aula y a dejar los trabajos encima de los pupitres—. En este caso, «Describe una escena de película en la que el personaje tiene que hacer frente a emociones fuertes».

Deja un trabajo delante de la chica que se sienta a mi izquierda. Sydney frunce el ceño al ver su nota.

—No solo hubo una gran diversidad en el tema —continúa el señor D— y en lo que experimentaban los personajes de vuestros trabajos, sino también en vuestra forma de plasmarlo.

Empiezo a morderme las uñas. Sigue recorriendo los pasillos.

—Hay trabajos excelentes y otros a los que les falta fuerza. Pero ha habido una persona cuyo esfuerzo demostró creatividad, coraje y una comprensión del tema muy poco habitual.

Me domina el pánico cuando me doy cuenta de que solo le falta por devolver un trabajo y soy la única a la que no ha entregado nada. Saca las gafas de leer del bolsillo de la camisa, se las pone y mira el folio que tiene en la mano.

—Esta persona describe una escena en la que, a lo largo de varias páginas, una adolescente yace inmóvil en una cama de una habitación iluminada por la luz del sol. La descripción continúa sin que haya movimiento ni acción por parte de la chica. Solo el tictac del reloj, el ruido de los coches y camiones que pasan por la calle y el sonido de una paloma arrullando en el alféizar y afilándose las uñas en la cornisa. Como lector, empecé a preguntarme si la chica estaría viva o muerta. Pero justo en ese momento, el narrador menciona la temperatura y el pulso de la chica.

El señor D se ríe y las hojas tiemblan en sus manos. Comienzo a morderme las uñas de la otra mano.

—Hasta que, por fin, vibra el teléfono de la chica. Gira sobre sí misma, lo alcanza y hace caso omiso de un mensaje de alguien a quien describe como la última amiga que le queda. Un minuto después se levanta para ir al baño. El narrador describe a la paloma escrutando la habitación vacía a través del cristal con la cabeza ladeada, curiosa. —Risas de mis compañeros—. Luego la chica vuelve a entrar en el cuarto arrastrando los pies y se mete de nuevo en la cama con rostro inexpresivo. Se tumba y presumiblemente vuelve a quedarse dormida, o al menos se queda inmóvil. Después de otras dos páginas de inacción, la escena termina irresoluta y de manera abrupta.

Aprieto las mandíbulas con fuerza. Estoy verdaderamente aterrorizada.

Pero el señor D me mira con los ojos brillantes.

—Buen trabajo, señorita Ele. —Deja las hojas grapadas encima de mi pupitre—. Buen trabajo.

Me arde la cara cuando me quedo mirando el 10,5 que ha escrito con tinta roja.

—¿Cómo puede ser eso la expresión de una emoción fuerte?

Es Sydney. Parece furiosa, como si fuera una tremenda injusticia que me haya puesto tan buena nota.

El hombre levanta una ceja y me mira.

—Ele, ¿te gustaría responder a la pregunta de Sydney? —No me gustaría responder a la pregunta de Sydney y no respondo inmediatamente, así que añade—: ¿Qué emoción crees que se muestra en tu trabajo?

Sigo sin levantar la vista.

—Sufrimiento —contesto con voz inexpresiva.

Pero inmediatamente me arrepiento de haber contestado sin expresión y sin levantar la vista, porque ahora parece que soy yo la que experimenta sufrimiento. Pero es que soy la que experimenta sufrimiento.

Así que ahora soy la chica atormentada por el sufrimiento. Es probable que así me miren mis compañeros de ahora en adelante. Y no es precisamente lo que pretendo.

Este curso acaba de convertirse oficialmente en el peor de mi vida. De toda mi trayectoria académica, de toda mi vida. Ojalá pudiera quedarme dormida y no despertar hasta que acabe.

Cuando suena el timbre al final de la clase, ya he cerrado la cremallera de la mochila. Estoy lista para irme. Pero oigo a mi espalda la voz del señor D.

—Ele, ¿puedo hablar contigo un momento?

Finjo no haberlo oído. Sé que va a preguntarme si me pasa algo.

—¿Ele?

Desaparezco entre el tropel de compañeros que se encaminan a la puerta. Al salir de clase, le dirijo una mirada fugaz. Sydney está delante del profesor, hablando con él y manteniéndolo apartado de mí. Él mira más allá y nuestras miradas se cruzan justo antes de desaparecer.

7

POR DESGRACIA, NO logro pasar dormida todo el curso escolar, o toda mi vida. Justo lo contrario, el curso sigue ahí, aterrador y hostil. Intento volcarme con los deberes, porque es la única parte de mi vida en la que puedo controlar el resultado.

Ya es miércoles y han pasado veintidós días desde que Eco ingresó en el hospital. Volvió a casa hace justo dos semanas. Y cuando digo «casa» me refiero a casa. No puede ir al colegio, porque todos los mocosos arrogantes y presumidos de primero de primaria son una amenaza para su sistema inmunológico. Viene un profesor dos o tres tardes a la semana durante un par de horas para ayudarla a seguir el ritmo de su clase. Solo sale de casa para ir a las sesiones de quimioterapia o a urgencias, adonde tuvo que ir dos veces por tener la temperatura demasiado alta. Así lo indica el protocolo.

Estoy en la academia, sentada sola en la cafetería mientras me como un bocadillo que no soy capaz de saborear. No me importa comer sola, es más fácil que fingir que soy feliz.

Lo siguiente son palitos de zanahoria. Mis padres están aún más obsesionados con la nutrición desde que le detectaron el cáncer a Eco, aunque la comida sana no haya hecho nada por su salud. Siempre hemos comido sano, pero tiene cáncer de todos modos.

La luz gris de las ventanas pierde claridad y levanto la vista. Octavius está al otro lado de la mesa, delante de la ventana.

—Hola —saluda.

Le devolvería el saludo aún con menos entusiasmo que él, pero tengo la boca llena de distintos tipos de alimentos que intento tragar. Así que hago un leve gesto con la mano que parece el limpiaparabrisas de un coche barriendo la luna solo una vez.

Trae una bandeja con el menú de la cafetería. Es evidente que come lo que sirvan ese día.

—A ver, tengo que confesarte una cosa.

Lo miro y espero, pero por lo visto va a obligarme a preguntárselo.

—¿Qué?

Mi pregunta suena medio amortiguada por el pan.

—¿Recuerdas que la primera semana de clase te dije que quería una pulsera de esas, como la que llevabas puesta, para regalársela a mi novia?

Lo recuerdo, pero me encojo de hombros como si no me acordara.

—Bueno —dice—, pues en realidad no tengo novia.

Trago la comida que tenía en la boca.

—Obvio.

Parece que se ha ofendido un poco.

—Perdona —me disculpo—. Lo que quería decir es que nunca te he visto con ninguna chica.

Hace un gesto de conformidad.

—Bueno, me alegro de que haya quedado claro. Disfruta de tu almuerzo.

Empieza a girarse.

—Espera…

Se detiene y se vuelve hacia mí.

Me aclaro la garganta.

—Yo tengo que confesarte una serie de cosas.

Se queda de pie y espera. Me invade el olor de la comida de la cafetería y me mareo ligeramente.

—Una: me has dicho que disfrute de mi almuerzo, pero no disfruto de mi almuerzo.

—La comida de la cafetería no está tan mal. Deberías probarla.

—No es la comida lo que me impide disfrutarlo. —Vuelvo a carraspear—. Dos: no era mi abuela quien estaba recibiendo tratamiento en el Hospital Pediátrico Midtown.

—Eso no es confesar mucho. Es obvio que no llevan a las abuelas al Hospital Pediátrico Midtown. A no ser que se trate de la abuela de nueve años sobre la que estuve leyendo en Twitter.

Casi me hace sonreír. Si alguna vez me abro a alguien, es probable que lo haga con este chico, que me parece casi divertido. En otras circunstancias me parecería divertido sin reservas. Así que inspiro hondo.

—Tres: mi hermana pequeña, Eco, tiene cáncer.

Su expresión cambia, aunque solo un poco, al igual que las nubes tras las que se oculta el sol se han hecho más densas y oscuras. Este es el momento en que decide que no quiere estar cerca de la chica del caso triste, la chica deprimida, y me da la espalda y se marcha para sentarse con otros chicos felices.

Pero no me da la espalda.

—Sabía que era cáncer —dice—. Tu pulsera es de la séptima planta. Ahí es donde están los niños con el sistema inmunológico en peligro.

—Sí.

—Casi siempre por culpa de la quimioterapia.

—Lo sé.

Sigue de pie delante de mí con la bandeja en las manos. La salsa del filete de pollo está solidificándose y arrugándose.

—Tienes que ser positiva. Tienes que ser optimista y rodearte de personas que puedan hacerte creer que todo va a salir bien.

Me doy cuenta de que va a decir algo más, así que espero.

—Tienes que mantenerte apartada de mí —dice por fin, y se da la vuelta.

—¡Espera!

Lo digo en un tono tan alto que todos los chicos que están en la cafetería se quedan mirándome. Octavius vuelve.

—Por favor, siéntate conmigo —le ruego—. ¿Vale? No puedes hacer que mi realidad empeore aún más solo por sentarte a mi lado, porque ya sé qué es lo peor que puede pasar. —Me siento como si la cafetería entera estuviera pendiente de mis palabras, pero de todos modos lo suelto—: Solo quiero que te sientes conmigo.

Deja la bandeja encima de la mesa y se sienta frente a mí. Pienso que quizá sonreiría si no fuera por mi expresión triste. Ojalá fuera capaz de decirle que no pasa nada si le apetece sonreír.

—Gracias —le digo.

Entonces se me descompone el rostro mientras como el resto de mi almuerzo, las lágrimas ruedan por mis mejillas y se me meten por las comisuras de la boca, pero no inclino la cabeza. No oculto mi cara ni mis lágrimas. Sigo comiendo, porque comer bien es uno de los principios de ese eslogan ridículo que mi padre se inventó. Y porque ya estoy acostumbrada a llorar y porque papá se olvidó de meterme una servilleta con el almuerzo, así que no tengo nada con lo que secarme las lágrimas. Por último, no escondo mis lágrimas porque acabo de elegir a este chico extrañamente atractivo como confidente. Y entre confidentes las lágrimas no tienen importancia.

No cruzamos ni una sola palabra. Come la asquerosa comida de la cafetería y yo como mi insípido almuerzo. Pero me siento bien al no estar sola.

La señorita Número Uno nos observa entrar en fila en la clase de arte a séptima hora desde una banqueta junto a la arcilla. Lleva tacones altos y unos vaqueros negros muy ajustados con un jersey negro parcialmente cubierto por un delantal lleno de manchones de pintura. Se ha pintado las cejas con lo que parece un lápiz de carboncillo aún más grueso que le confiere una expresión de sorpresa.

Tomo asiento en la banqueta que suelo ocupar y miro hacia la ventana.

—Hoy… —dice, y comienza a andar por delante de aquello que me permite ver un poco del mundo exterior. Sus tacones resuenan sobre los tablones de madera—. Hoy vais a mostrarme tristeza.

Se me ocurre que habla de ese modo tan peculiar para dar la impresión de que es francesa o algo así, diciendo frases en inglés que parecen incompletas. Pero su perfil de la página web de la academia asegura que es de Toledo, Ohio.

Ahora desfila por delante de los ventanales para que veamos bien su esbelta figura.

—Hoy me vais a mostrar dolor. Me vais a mostrar miedo. —Se vuelve rápidamente de cara a la clase—. ¡Pero no una representación cutre de dolor! ¡No una imagen de tristeza de postal! ¡No un miedo de película de terror de sesión matinal!

Se gira y mira por la ventana. Vuelve a hablar de espaldas a la clase:

111

—Vais a enseñarme algo real. Algo terrible. Algo que teméis que os destruya.

A mi alrededor, mis compañeros hacen gestos de fastidio e intercambian miradas que expresan lo ridícula que les parece la tarea —y la profesora—. Pero yo miro más allá de la señorita Número Uno, al otro lado de los cristales.

—Lo haréis sobre papel prensa con ceras pastel. Empezaréis mientras miro por la ventana y pienso en mis propios fantasmas.

El silencio cae sobre la clase ante la falta clara de instrucciones.

Después se llena con el sonido de las ceras sobre el papel cuando todo el mundo se pone a trabajar.

Todo el mundo menos yo. Me quedo sentada mirando fijamente al pliego de papel prensa y la bandejita de ceras pastel rotas.

Pienso que el curso no está yendo como debía. Pienso en hacer una lista en mi pequeña agenda de cosas que no puedo controlar, pero pienso que no me apetece nada pensar en ellas.

Pero entonces recuerdo que tiré mi agenda a la basura en el hospital. Me había fallado. No volverá a funcionar.

Sigo con la vista clavada en el papel cuando la señorita Número Uno por fin se aparta de los ventanales diez minutos después. Alcanzo una cera negra y me pongo a trabajar a toda prisa mientras la mujer deambula entre las mesas.

—¿Frankenstein? ¿En serio?

Sus tacones repiquetean ligeros sobre el suelo, luego se paran.

—¿Qué es esto? ¿Desamor adolescente? ¡Si quisiera vomitar me habría subido a la noria!

La señorita Número Uno genera un torrente de sudor en el aula moviendo la cabeza y haciendo críticas mordaces.

Por fin llega a mi mesa. Lanzo una mirada fugaz a su rostro. Parece sorprendida, pero luego me doy cuenta de que solo se trata de sus cejas pintadas.

—Estoy sorprendida —dice. Creo que se ha sorprendido de verdad—. No creí que tenías esto dentro de ti.

Miro mi dibujo. Es un boceto dibujado a toda prisa de una niñita sin pelo con una bolsa de fluido intravenoso etiquetada con una calavera y dos tibias cruzadas que introduce su líquido gota a gota por un agujero que tiene en el pecho. El dibujo parece trazado con rabia, como si lo hubiera hecho para mostrar al universo lo furiosa que estoy. De pronto me percato de que estoy jadeando, como si estuviera luchando contra un monstruo en lugar de dibujando un boceto. Es reconfortante haber luchado contra el monstruo. De eso se trata.

La señorita Número Uno se inclina más sobre mi mesa.

—Sé lo de tu hermana —susurra. Su voz suena casi triste—. Sigo a tu padre en Facebook.

Se retira y se dirige de nuevo a las ventanas, donde realiza todas sus reflexiones serias.

—¡Hoy, solo una entre todos mis alumnos ha sido capaz de expresar la oscuridad que amenaza con engullirla!

Me señala con el brazo de manera efectista, desde el hombro hasta la yema del dedo, para que todo el mundo sepa que la alumna a punto de ser engullida por la oscuridad soy yo.

Genial.

—¡Honor y mérito para el trabajo de Ele! —exclama dramática.

Como hecho a propósito, la lámpara del techo que tengo justo encima parpadea y se apaga.

Más tarde cenamos todos juntos, los cuatro. «Todos para uno, cuatro para uno». Hoy hay coles de Bruselas con granada y tofu aderezado con cúrcuma. Típica comida asquerosa que, por lo visto, ayuda a combatir el cáncer o a regenerar las células sanguíneas de Eco que la quimioterapia está destruyendo.

La verdad es que a Eco le gustan las coles de Bruselas, pero a mí me dan náuseas. Me recuerdo a mí misma que no debo quejarme. «Todos para uno, cuatro para uno». Ya que Eco es la única que está recibiendo quimioterapia y le gustan las coles de Bruselas, lo más lógico del mundo sería que se las comiera todas y me ahorrara las náuseas. Papá nunca se harta de tofu, pero a mí me parece que se lo han cargado con la cúrcuma. En un sistema perfecto, yo me comería la granada, Eco las coles de Bruselas, papá el tofu estropeado con la cúrcuma y mamá podría comer las sobras o algo así.

Estoy intentando tragar una de las susodichas coles de Bruselas cuando Eco, sin venir a cuento, se arranca un mechón de pelo. Tiene calvas que brillan a la luz de la lámpara por toda la cabeza.

—¡Mirad! —exclama.

Miro hacia otro lado.

—¡Mamá! ¿No puedes hacer que pare?

—Es como algodón de azúcar —dice Eco.

Estoy segura de que está arrancándose más, pero no pienso mirarla.

—Eco, por favor, no hagas eso en la mesa —le pide mamá con la voz un poco ahogada—. No queremos que acabe cayendo pelo en la comida.

—Debería ponerse una redecilla o algo así, como las señoras de la cafetería.

En cuanto lo digo, me siento fatal.

Papá carraspea. No dice nada.

Pero mamá, sí.

—Eco, después de cenar quizá podríamos afeitarte la cabeza como habíamos hablado.

Miro a mamá con horror.

—El pelo cortito te queda muy bien —continúa mamá. Hace ocho días se lo cortó la peluquera de mamá. Al principio era monísimo, ahora solo parece triste—. Una buena transición. Pero creo que ahora el pelo corto está listo para decir adiós.

Eco esconde la cara entre las manos.

—¡Ufff! No quiero estar calva.

Papá se limpia la boca con la servilleta.

—Tómatelo como si tu pelo se tomase unas vacaciones. Unos meses de descanso.

—Unos meses sabáticos —sugiere mamá.

—Una interrupción —añade papá.

Los miro furiosa.

—¡No sabe lo que significa eso!

—¡Sí lo sé, Ele!

—A diferencia de lo que ocurre con mi pelo —dice papá pasándose la mano por la cabellera, cada vez más rala—, cuando el tuyo se caiga, será como si sacase un billete de ida y vuelta. Volverá cuando termines la quimioterapia.

Eco frunce el ceño.

—Vale.

—¿Qué? ¿Y ya está? —me oigo gritar, y en realidad no sé por qué. No sé por qué me afecta tanto.

—¡Aféitamelo! —exclama Eco con una mueca—. ¡Aféitamelo todo! ¡Así está horrible!

Miro a mamá.

—¿Y por qué no dejamos que se le caiga solo? Quizá si no tira, no se le caerá tan pronto.

—Eco está siendo muy valiente —responde mamá—. Apoyemos su decisión de dar el paso de afeitarse la cabeza.

Quizá yo piense que debería rebelarse más ante la pérdida del pelo. Me imagino que es una batalla que no puede ganar, pero al menos podía mostrarse un poco más disgustada.

Después de la cena, de los deberes y de los cuentos, Eco entra en el cuarto de baño con mamá. Necesito hacer pis, pero tengo que esperar a que Eco se haga el tratamiento en la boca. Me quedo en el pasillo esperando mi turno, entonces oigo el clic de un interruptor y el zumbido de la máquina de cortar el pelo.

Me doy la vuelta y entro en nuestro cuarto. No subo a mi litera, sino que me quedo de pie, esperando y escuchando. Oigo el zumbido, los sonidos de las voces de mamá y de Eco rebotando en la cerámica de los azulejos, de la bañera, del lavabo y del inodoro. Es otra oportunidad para estrechar lazos y unirse aún más mientras yo me quedo fuera.

Me muerdo las uñas. Después me vuelvo hacia el espejo que cuelga sobre el escritorio que compartimos mi hermana y yo, me veo espantosa y miro hacia otro lado. Las voces del baño no suenan tristes, pero todo mi cuerpo está tenso. Asomo la cabeza por la puerta que separa el pasillo del salón, donde papá finge estar muy concentrado en un libro.

Por fin se detiene el zumbido. Oigo el grifo del lavabo y la cisterna. Eco se ríe.

−¡Quiero enseñárselo a Ele!

Vuelvo a entrar en el dormitorio para quitarme del medio.

Se abre la puerta del baño.

—¡Tachán! —grita.

Oigo los golpes de sus piececitos sobre el suelo al corretear hacia el salón.

—¡Preciosa! —exclama papá.

—¡Tócame la cabeza! ¡Mira qué suave!

Se produce una breve pausa.

—Ooooh —murmura papá—. Qué suave. Y te queda bien.

—¿Dónde está Ele?

Las pisadas de Eco suenan en mi dirección.

Retrocedo otro paso.

—¡Ele! —chilla al entrar en el cuarto y plantarse delante de mí—. ¡Estoy calva!

Su cara expresiva es aún más expresiva sin pelo. Su cara de loca es aún más de loca, su cara de chiste es aún más de chiste. Y su carita lindísima la hace parecer una pequeña modelo glamurosa.

—¡Tócala! —grita—. ¡Es muy suave!

Aprieta la cabeza contra mí. Al mirar la piel pálida, veo unas zonas oscuras donde había pelo recién afeitado y otras completamente desnudas. La toco y tiene el tacto de la cera de las manzanas de la tienda.

—¡Estoy calva! —repite.

—Ya lo veo.

—¿Estoy guapa?

—Sí.

—¡No quiero estar calva! —exclama con su característico tono exasperado.

—No te preocupes —la tranquilizo—. Volverá a crecer.

—Ya sé que volverá a crecer. ¡Quiero agua!

Sale corriendo de la habitación y oigo sus pisadas recorriendo el camino hacia la cocina y el ruido de la nevera al abrirse.

Mamá está en el umbral de mi cuarto. Tiene los ojos humedecidos, pero sonríe. Me mira y levanta el pulgar.

—¿Ya está? —pregunto.

—Se lo ha tomado bien.

Eco vuelve corriendo.

—¡Apaga la luz! ¡Estoy cansada! —Se deja caer encima de la cama—. ¡Estoy cansada de estar calva!

Ríe y se tapa con la sábana.

Apago la luz y cierro la puerta al salir. Me quedo de pie en el pasillo. Estoy cansada, así que no me apetece ir al salón. Pero no quiero entrar en el baño a lavarme los dientes, porque no me apetece ver a mamá barriendo el pelo de Eco. Tampoco puedo acostarme porque no me apetece entrar en mi cuarto, donde me imagino la cabeza de Eco brillando como la luna.

8

AL DÍA SIGUIENTE, Octavius se sienta conmigo a la hora del almuerzo. No lo invito ni él pregunta. Se limita a sentarse frente a mí y, en cuanto lo hace, me doy cuenta de lo mucho que deseaba que lo hiciera.

—Hola —dice.

—Hola.

—¿Qué has traído hoy para comer?

Le enseño la corteza de mi sándwich y la granada de la fiambrera.

—Tú ganas —reconoce.

Miro los cuatro compartimentos de comida grisácea de su bandeja.

—Creo que sí.

—Bueno, te he hecho una cosa —empieza.

No sonrío porque no quiero que sepa lo emocionada que estoy.

—¿En serio? ¿Qué es?

Se inclina hacia mí.

—En realidad, podéis disfrutarla toda la familia.

—Que empiece la diversión.

—Necesito tu número de teléfono.

Me aparto y cruzo los brazos.

—¿Por qué?

—Para poder mandártela en un mensaje; es una lista de reproducción. Un archivo de música de una recopilación que hice. Un puñado de canciones para que os vengáis arriba y le deis una patada en el culo al cáncer.

Dejo caer los brazos. Esto es un desastre. En lugar de ser algo solo para mí, para Ele, es para Ele, la hermana de la niña con cáncer. Y para el resto de la familia. Intento dibujar una sonrisa, pero en realidad no la siento. Las comisuras de la boca se niegan a obedecerme.

Justo en ese momento, Sydney —la tiquismiquis que se sienta a mi izquierda en la clase del señor D— pasa junto a nuestra mesa y se queda mirándome como si fuera una especie de bicho raro. Peor aún, se queda mirándome como si tuviera una cara de amarga desilusión.

—¿Qué? —le espeto.

—¡Nada! —contesta en el mismo tono.

—¡Deja de mirarme!

Se detiene ante mí con las cejas levantadas en señal de protesta.

—¡No estoy mirándote!

Veo mi mano acercarse a la corteza del sándwich. Desaparece brevemente de mi campo visual y vuelve a aparecer cuando la corteza está volando en dirección a Sydney. Por obra y gracia de mi mano. Rebota contra su frente, le deja una manchita de mantequilla de almendras y mermelada de moras en el lugar del impacto y aterriza en la bandeja que lleva en las manos.

Hay un instante de calma. Siguen oyéndose las conversaciones de las demás mesas.

Muy despacio, Sydney baja la vista hacia la corteza del sándwich, luego la levanta hacia mí. Sus ojos brillan de rabia.

—¡No me lo puedo creer! —exclama con rabia.

Por un momento, me planteo explicarle que sí, que puede creérselo porque ha sucedido. Al contrario, la observo en silencio mientras deja la bandeja, agarra la cuchara y la utiliza como catapulta para lanzarme una bola de puré de patatas. Pero la visión del puré volando hacia mí —como un pegote de grumos que gira sobre sí mismo al surcar el aire— se ve obstaculizada por Octavius, que se levanta para protegerme y recibe el impacto en mi lugar. En pleno ojo.

—Uyyyy —se sorprende Sydney.

—¡Ay! —responde Octavius al tiempo que se retira el puré del ojo—. Está algo caliente, ¿sabes?

Sydney recoge su bandeja y desaparece a toda velocidad.

Entonces me vuelvo hacia Octavius. Tiene los ojos muy abiertos. En una de sus cejas quedan restos de puré, como si hubiera tenido que abrirse paso bajo una tormenta de nieve. Se lo indico y se limpia con la servilleta.

—¿De qué iba todo esto? —pregunta.

—De nada —respondo—. Sencillamente, me desprecia. Siempre me mira como si me odiara. Protesta cada vez que el señor D dice que he hecho algo bien.

Octavius se queda mirándome como si creyera que todo lo hago mal. Abre la boca como para decírmelo, pero permanece en silencio.

—¿Qué? —pregunto.

Sonríe, solo un poco.

—Tu número de teléfono. Para poder mandarte la lista.

Hago un gesto de fastidio con los ojos, pero en realidad estoy bromeando. Luego le doy mi número, porque es bueno tener un amigo que recibe un proyectil de puré de patatas en el ojo por ti. También es bueno tener un amigo que ya sabe lo triste que es mi vida, con lo cual no hay necesidad de explicar nada.

Al día siguiente, Eco recibe exactamente veintitrés sombreros, pañuelos, pelucas y turbantes traídos por mensajería gracias a que papá colgó en Facebook una fotografía suya con la cabeza afeitada y el comentario: «Ojalá pudiera perder mi pelo con ese estilo». Eco está un poco mosqueada con todo ello y no se lo toma demasiado bien.

Después de clase, echo un vistazo a todo lo que acaba de llegar.

—¡Esta peluca es monísima! —exclamo enseñándole una.

Eco frunce el ceño.

—¡Es azul! ¡Si me la pongo, la gente querrá comerme!

—Eco, nadie va a comerte.

Me lanza una mirada de fingida desilusión.

—¿Por qué no? ¡Soy deliciosa!

Mamá aparece en la puerta de nuestro cuarto.

—Tiene mucho donde escoger si alguna vez le apetece ponerse una. Y desde luego queremos que se proteja la cabeza cuando salga y le dé el sol.

—¡Nunca salgo a que me dé el sol! —grita Eco. En realidad no está enfadada, pero consigue parecerlo—. ¡Siempre estoy aquí encerrada!

Mamá mira el reloj de pared.

—¿Qué os parece si damos un paseo las tres? Hace muy bueno. Y si nos quedamos por esta zona donde las aceras no están llenas de gente no tendrás que ponerte la mascarilla.

—¿Por qué no hacemos que se marche todo el mundo de la biblioteca para poder ir sin mascarilla?

A Eco le horroriza ponerse la mascarilla. Evita que respire gérmenes, pero cree que el estampado de dinosaurios la hace parecer un bebé.

Mamá saca las botas de Eco.

—Póntelas, quizá también un jersey. Y nos vendría bien un sombrero, porque todavía hace sol.

—Uffff.

Eco se cala el gorro de ganchillo hasta taparse los ojos.

Cuando por fin salimos a la calle, las sombras ya son alargadas. Sigue haciendo buenísimo y Eco está encantada de salir. Lleva el gorro de ganchillo con el dibujo de un mono y cada vez que alguien pasa a nuestro lado en la acera, paseando al perro o volviendo a casa al salir del trabajo, lo miro a los ojos para ver si se ha dado cuenta de que le pasa algo. Pero con ese gorrito lo único que recibimos son sonrisas.

Antes de doblar la primera esquina, nos cruzamos con un hombre que va tosiendo. Parece muy congestionado. Eso hace que mamá frene en seco.

—Muy bien. Aquí ya hay mucha gente. Deberíamos sacar la mascarilla para estar a salvo.

—¡Odio la mascarilla!

Mamá busca en su bolso.

—Estuve consultando la página web del Centro para Control de Enfermedades y dice que ya ha empezado la temporada de la gripe. No podemos arriesgarnos.

Eco se enfurruña.

—¡Este es el peor día de mi vida!

—¡Mamá, odia la mascarilla!

Mamá me lanza una mirada furiosa.

—Ya ha tenido que ir a urgencias dos veces desde que salimos del hospital. ¿Quieres que haya que llevarla a urgencias otra vez y tenga que pasar la noche allí? Yo no, desde luego. —Y añade una palabrota que solo suelta cuando está enfadada de verdad.

Mamá ajusta la mascarilla para que cubra la nariz y la boca de Eco. Mi hermana inclina la cabeza.

—Ya sé que no te gusta. No nos gusta a ninguno. —Retomamos la marcha hacia la esquina y mamá avanza con un paso firme que parece impostado—. Pero esta es nuestra nueva realidad.

—Esto no va a ser así siempre —comento.

—Exacto. Es nuestra nueva realidad transitoria. —Llegamos a la esquina—. Y como es nuestra nueva realidad transitoria, ¿por qué no paramos en el banco y en la tienda de ultramarinos? Seguimos teniendo una vida que vivir. Seguimos teniendo recados que hacer. Tengo que ingresar un cheque, luego podríamos comprar helado para el postre de la cena.

—¡Helado! —exclama Eco a través de la mascarilla.

El banco está en la siguiente manzana y apuramos el paso para llegar antes de que cierre. Traspasamos las puertas de cristal y nos recibe un guardia de seguridad alto y corpulento.

—Lo siento, no se puede entrar con máscara. Tienes que quitártela.

Mamá mira al guardia, luego a Eco y después otra vez al hombre.

—¿Qué?

—El niño no puede llevar máscara. Medidas de seguridad. —Señala el gran vestíbulo que da paso al banco a su espalda—. Esto es un banco.

—Es una niña. Y ya sé que es un banco. Llevo viniendo a este banco desde que tenía su edad —responde mamá al tiempo que me señala.

El hombre mete los pulgares en el cinturón, del que cuelgan una pistola y otras cosas de aspecto amenazador.

—Lo siento, señora. O se va la máscara o se va él.

—¿Me está tomando el pelo? Mi hija tiene seis años. Y su sistema inmunológico está alterado por las sesiones de quimioterapia a las que debe someterse porque tiene cáncer.

Al pronunciar la última palabra, la voz de mamá se quiebra y deja de ser la mamá guapa y fuerte que siempre hemos conocido —la mamá que siempre puede arreglarlo todo— para convertirse en la mamá que puede verse destrozada por un guardia de seguridad que dice cosas sin ningún sentido.

—Lo siento, señora, pero nunca se sabe dónde se oculta el mal.

Al oír esto, no puedo evitar que se me escape una sonrisa. Miro a mamá, que está temblando de rabia.

—¡Cree que soy un atracador! —exclama Eco con la mascarilla todavía puesta—. ¡Manos arriba, esto es un atraco! —añade muerta de risa.

Pero mi hermana es la única que se ríe. Las manos de mamá tiemblan cuando le quita la mascarilla mientras farfulla algo entre dientes. Cuando termina y ya la ha guardado en el bolsillo de su chaquetón, el guardia de seguridad comienza a bascular el cuerpo de un pie a otro.

—Bueno, vale, no pasa nada. Puede llevar la mascarilla —dice con expresión avergonzada—. Perdone las molestias.

Mamá se queda mirándolo unos instantes. Después, su expresión se suaviza.

—Gracias.

Saca la mascarilla del bolsillo y vuelve a ponérsela a Eco. Después le da la mano y cruza con ella el vestíbulo para entrar en el banco. Las sigo pisándoles los talones.

En la ventanilla de la caja hay un tarro de cristal con una foto de Eco sonriente. La cajera, una mujer joven, también sonríe.

—¡Hola, Grace! ¡Hola, chicas! —nos recibe con los ojos húmedos.

Mamá la saluda. Yo sonrío. Eco mira su fotografía en el tarro. Hay tarros con la foto de Eco en todas las ventanillas, aproximadamente una docena.

—Muchas gracias. Por esto. —Mamá da un golpecito en el tarro con la yema del dedo.

—No es nada. —La mujer entrega a mamá el justificante del ingreso—. Si no tenéis inconveniente, lo ingresaremos en vuestra cuenta todos los viernes justo antes de cerrar.

—Genial. Fantástico. Muchas gracias.

Mamá se seca una lágrima. La mujer de la ventanilla se seca una lágrima. Pero ambas sonríen. El guardia de seguridad hasta se inclina ante nosotras como si fuéramos de la realeza y nos abre la puerta al salir.

De momento es nuestra anécdota favorita en lo relativo al cáncer, y es nuestra favorita a pesar de que empezó fatal. Es una historia terrible que terminó bien y me enseña que podemos seguir riendo, podemos seguir sonriendo. Me hace pensar que quizá haya más historias tristes con final feliz.

Cuando paramos en la tienda para comprar el helado, veo que también tienen un tarro para Eco. Dice el dueño que lleva la cuenta del dinero de las donaciones y podremos gastar el importe donado en su tienda. Ya tenemos un crédito de varios cientos de dólares, así que salimos con sendos helados en la mano sin que mamá haya tenido que abrir el monedero. Los helados nos mantienen felices todo el camino hasta casa.

Después de cenar, papá y yo vamos a la tienda de alimentación. Hay una buena caminata hasta Food Fight, pero es con mucho la única tienda de alimentación de tamaño decente en esta parte de Manhattan. No tiene los pasillos tan estrechos como los ultramarinos, ni la mercancía apilada en montones tan ridículamente altos, también es más alegre. Acompaño a papá encantada cuando me lo pide, sobre todo por la oportunidad de alejarme de casa y de todas las cosas tristes que se me vienen a la cabeza cuando estoy allí.

—Toma —me dice papá al entrar, y arranca una mitad de la lista de la compra—. Se te da muy bien escoger los productos ecológicos. El que termine antes que busque al otro, ¿vale?

Recojo la lista y sonrío.

—Entendido.

Nos hacemos con una cesta cada uno y nos separamos.

La lista tiene aún más contenido de productos ecológicos desde el diagnóstico de Eco. Todo tiene que ser orgánico, todo tiene que combatir o prevenir el cáncer o favorecer la producción de glóbulos rojos.

Me dirijo a la zona de verduras orgánicas y consulto la lista. No pienso en el cáncer mientras meto en la cesta acelgas arcoíris, coliflor orgánica, coles de Bruselas orgánicas, mangos orgánicos y cerezas orgánicas. Y perejil, también orgánico. Si alguna vez pensara en el cáncer, sería para imaginar la patada en el culo que va a propinarle esta cesta tan colorida repleta de productos orgánicos.

—Ele —dice una voz conocida—. ¿Estás bien?

Delante de mí, con una bolsa de manzanas en la mano, está el señor D, mi profesor de literatura. Lleva una sudadera gris con un rótulo que dice «ESTUDIOS SUPERIORES».

—¿Eh? —pregunto desconcertada.

—Estabas hablando de propinarle a alguien una patada en el culo —dice con una sonrisa.

—Ah, ¿sí?

—Si no he oído mal, sí. Estabas como farfullando.

—Hola —digo, porque me había olvidado de saludar—. ¿Esas manzanas son orgánicas?

El señor D mira la etiqueta.

—Sí. O eso pone aquí.

—¿Me pasa una bolsa?

Me da la bolsa que tiene en la mano y alcanza otra para él.

—Gracias.

—No hay de qué. —Deposita la bolsa en su carrito—. Escucha, he estado intentando hablar contigo.

—Ah.

—Pero por lo visto tú has intentado evitarme. —Apoya las manos en el carrito, luego las retira y se las pone a la espalda—. El primer día de clase parecías tan ansiosa por aprender…

—Y he sacado buenas notas.

Asiente despacio y continúa:

—Sí, estás trabajando bien. Mejor que bien. Pero estoy preocupado porque no te veo contenta. ¿Está costándote adaptarte a…?

—Mi hermana tiene cáncer —le espeto sin contemplaciones—. Se llama rabdomiosarcoma. Solo lo padecen cinco niños entre un millón. Así que se le ha caído el pelo y también perderá varios dientes y sabe Dios cómo se le va a quedar la cara. Y tiene que ir a quimio todos los jueves y hacerse tres veces al día un tratamiento en la boca que en ocasiones la hace vomitar y los fines de semana tiene que tomarse una medicina que sabe a rayos dos veces al día y no puede ir al colegio.

Parece afectado.

—Lo siento mucho.

—Y solo tiene seis años.

Inspira hondo, como si se hubiera olvidado de respirar.

—Y casi nunca se queja, pero sé que está siendo muy duro para ella.

—Desde luego.

—Así que por eso no levanto la vista en clase y por eso no he hecho amigos y por eso la alumna que usted vio el primer día de clase no es la misma que ha seguido viendo desde entonces.

—Lo entiendo. Lo entiendo perfectamente. Oye, quizá te vendría bien que te viera el psic…

—Se llama Eco. Y tiene cáncer. Y no es justo.

—No, no lo es —dice.

Entonces nos quedamos mirándonos el uno al otro. Tras unos instantes pugnando por no llorar, una lágrima grande y caliente rueda por mi mejilla.

—¿Me da un abrazo? —pregunto con voz temblorosa—. Necesito que me levanten. En sentido figurado.

No responde de inmediato y sé que es porque resulta violento para un profesor andar abrazando a alumnas en la sección de verdura orgánica de Food Fight.

—No se preocupe —le digo—. No tenía que habérselo pedido. De todos modos, el culo al que quería darle una patada era el del cáncer.

Abre los brazos.

Dejo la cesta en el suelo y me abandono en ellos. El hombre huele a loción de afeitado y también al olor de papá al final del día. Unos instantes después quiero apartarme, pero no quiero que me vea la cara. Pero al final me aparto.

—Lo siento —susurro.

—No tienes por qué.

Le he dejado la sudadera empapada de lágrimas.

—Hola —saluda papá, que acaba de aparecer. Su tono de voz indica curiosidad.

El señor D da un paso hacia él con la mano tendida.

—¿El padre de Ele? Soy el señor Desastre, su profesor de lengua y literatura.

—Ah, he oído hablar muy bien de usted.

Se estrechan las manos.

—Ele estaba explicándome por qué ha estado tan rara. Y lo mal que está pasándolo por su hermana pequeña.

Papá me mira.

—Lo he pasado mal —aclaro.

—No digo que no —dice papá—, solo que…

—Es que me siento como si os hubieseis olvidado de mí. Ya sé que Eco tiene cáncer y que la peor parte es para ella, pero también es duro para mí.

—Lo sé, cariño. —Con esa expresión tan triste, de repente parece derrotado—. Es duro para todos.

—¿Me das un abrazo? —Mi voz vuelve a quebrarse.

Papá sonríe y deja la cesta en el suelo. Me estrecha en sus brazos.

Con la mejilla en su hombro, cierro los ojos para huir de la luz fluorescente. Huele a naranjas y al desodorante de papá. Oigo silbar al reponedor mientras coloca las ciruelas.

—Encantado de conocerlo —dice el señor D empezando a empujar el carrito. Por un momento me había olvidado de que seguía ahí.

—Igualmente —responde papá.

Me aparto de él. Veo la mancha de humedad que le he dejado en el hombro.

—¿Te sientes mejor? —pregunta.

Asiento y recojo la cesta con la verdura.

—La próxima vez que llore por Eco será cuando se gradúe en la universidad.

Sonríe.

—Me gusta tu forma de pensar.

—O en su boda. Porque va a tener una vida larga y feliz.

Me da la mano y nos dirigimos juntos a la caja.

Mientras papá y yo estábamos en Food Fight, un vecino del segundo piso nos trajo *daal* casero. Es un plato indio a base de lentejas que huele a gloria, pero como ya habíamos cenado lo comeremos mañana. Mamá me deja tomarme un cuenco pequeño como tentempié mientras hago los deberes.

Después de lavarme los dientes entro en mi cuarto sin hacer ruido. Dejo la puerta entreabierta, lo justo para que la luz del aplique de nuestro pequeño pasillo se cuele en el interior.

Me acerco con cuidado a las literas y miro a Eco. Está acostada en la de abajo, dormida, y su cabecita calva brilla como la luna. La tapo hasta los hombros con el edredón de gatitos. Eco se da la vuelta hasta quedar de cara a mí. Murmura algo en sueños y me pregunto qué pensamientos se esconderán tras sus palabras.

Extiendo el brazo y le paso la mano por la cabeza. Acaricio su pelusilla de melocotón. Pienso en lo mucho que le gusta enseñarme que si se humedece los lados con agua los pocos pelitos que le quedan se notan más. «Mira —dice—, está volviendo a crecer». Pero no está volviendo a crecer, y no lo hará hasta que complete las doce sesiones de quimioterapia.

Miro su boca, donde el tumor le había empujado los dientes cambiando su aspecto de manera drástica. El tumor se ha reducido y su perfil es casi el de siempre. Ha perdido el pelo, pero al menos sigue teniendo sus preciosas cejas y pestañas. Bueno, al menos de momento. Es posible que esté algo más pálida. No le da mucho el sol estos días y su sangre tampoco está tan sana.

Pienso en el tumor que sigue ahí, en el paladar, detrás de los incisivos superiores. La quimio lo ha mantenido a raya, pero sigue ahí y es real.

Márchate, cáncer. Deja en paz a mi hermana pequeña.

Lo pienso mientras contemplo a mi hermanita calva a quien ni siquiera se le ocurriría ponerse un sombrero a menos que esté al sol y papá y mamá la obliguen. Contemplo a la niñita que se convence a sí misma para tomar esa medicación tan asquerosa que la hace vomitar, que soporta que le claven agujas, le saquen sangre y la atiborren del veneno que combate el cáncer, pero le machaca el cuerpo. Contemplo a la niñita que en algún rincón de su mente sabe que está luchando por su vida, pero no se permite a sí misma llorar.

Eco sonríe en sueños y me pregunto qué pensamiento la hará tan feliz. Me inclino sobre ella y le beso el labio superior, la cortina tras la cual se oculta el cáncer.

—Ese cáncer no tiene ni idea de con quién se la está jugando —susurro.

9

EL LUNES ME siento en Los batidos de Milky al salir de clase. Es un café anticuado situado a unas dos manzanas de la academia.

He quedado aquí con Octavius, que hoy me dijo en clase que tenía una gran sorpresa para mí. Estoy ilusionada y muerta de miedo a partes iguales. La verdad es que no sé cómo va a resultar esto de haber quedado con él y me asusta pensar en ello.

Ya he pedido mi batido, de fresa con nata montada y coronado por una guinda, y lo he pagado en el mostrador. No he querido esperar a que se ofrezca a invitarme, sobre todo si ello significara esperar y que luego no lo hiciera. Así que ya he arreglado el asunto de quién pagaría mi batido, y el camarero me lo trae justo cuando entra Octavius.

—¡Hola! ¡Gracias por venir! —dice.

—Por supuesto.

Se desliza en el asiento de enfrente del reservado.

—¿Ya has pedido?

—Sí, espero que no te importe. —Rescato la guinda de entre la nata y me la como de un bocado. Está riquísima. Es lo primero a lo que le encuentro sabor desde hace una eternidad—. Tenía hambre.

—Vaya, pensaba invitarte yo.

Sonrío, pero no mucho, y me encojo de hombros.

—La próxima vez.

Asiente.

—A ver, tengo algo para ti.

—¿En serio? —Ahora sí se me hace difícil no sonreír de verdad.

—Sí. Espero que no te parezca espeluznante.

Coloca la mochila en el asiento de al lado y se dispone a abrir la cremallera.

—Yo también espero no encontrarlo espeluznante. —Rápida e ingeniosa, me digo.

—Vale, vale. Aquí está.

Abre la cremallera con un gesto efectista, mete la mano y saca… una gorra.

Es una gorra roja de baloncesto con las palabras «Equipo Eco» bordadas con hilo dorado. Parece muy satisfecho de sí mismo al entregármela; luego saca otra y se la pone.

—¿Qué te parece? —Me mira alzando las cejas con expresión esperanzada.

Me invade, me ahoga la desilusión. Me quedo mirando la gorra casi sin verla. No quiero levantar la vista hacia él porque no quiero que me vea los ojos.

—Espera un momento.

Me levanto y comienzo a correr por el pasillo que conduce al lavabo, entro a toda prisa y echo el pestillo.

Miro la gorra. Es la cosa más ridícula y más fea que he visto en mi vida. Ni siquiera pienso probármela. Me miro al espejo. En este momento me odio a mí misma por lo idiota que he sido al pensar que iba a traerme algo que de verdad fuese para mí. Pero lo odió aún más a él. Primero la lista de reproducción *Canciones para la lucha de Eco*, y ahora esto. Lo único que quiere es subirse al carro de la fama de la niña enferma, como todo el mundo. Qué tonta he sido al no darme cuenta de que solo le interesa Eco.

Me lavo la cara con agua y me la seco con papel higiénico porque no hay toallitas. Hecha una furia, salgo del baño, recorro el pasillo y me dejo caer en mi asiento del reservado frente a Octavius. Agito la gorra delante de su cara.

—Es la gorra más espantosa que he visto en mi vida, y regalármela es algo verdaderamente espeluznante. —Me inclino sobre la mesa y se echa hacia atrás temeroso—. Es mi hermana, no la tuya.

Su vista oscila continuamente entre mis ojos y mi mejilla. Parece humillado, pero también distraído.

—¿Qué? —exijo impaciente. Estoy temblando a causa de la rabia y de todo tipo de malas sensaciones.

—Entonces me imagino que no querrás ver las camisetas del Equipo Eco.

Le lanzo la gorra, que lo alcanza en el pecho para caer en su regazo. A continuación, recojo mi mochila y me levanto. Resbalo con una servilleta, pierdo el equilibrio y choco contra otra mesa, derramando el té helado de un señor mayor encima de su sándwich de queso a la plancha. El hombre levanta la voz para protestar al tiempo que le doy la espalda y corro hacia la salida. Las campanitas de la puerta tintinean furiosas cuando salgo como una exhalación y el aire frío de la calle toca mis ojos humedecidos.

Recorro la calle dando tumbos sin saber adónde voy ni adónde debería ir. Me llevo la mano a la cara y desprendo el trocito de papel higiénico que por lo visto llevaba pegado en la mejilla desde que salí del lavabo.

Después de cenar, papá y yo vamos dando un paseo con Eco hasta la heladería. No es que esté de demasiado humor para helados después del fiasco con Octavius, pero cuando a Eco le apetece comer algo, sobre todo si contiene grasa o proteínas, tenemos que dejar lo que estemos haciendo y cumplir su deseo. La quimio adelgaza, y Eco ya estaba muy delgada antes del cáncer.

Hace una noche preciosa. Las hojas de los árboles de las aceras están empezando a cambiar de color. Se me ocurre de pronto que soy consciente de que hace una noche preciosa y me pregunto si eso significa que me he hecho a la idea de tener una hermana pequeña enferma de cáncer, porque para Eco todas las noches son horribles. Aunque ella no se dé cuenta.

—¡Voy a pedir algo rosa! —dice desde detrás de la mascarilla. Siempre pide según el color—. ¿Tú qué color vas a escoger, Ele?

—Estoy pensando en pedir algo de color pistacho.

—¡Pistacho no es un color!

—Lo tienen en la tienda de pinturas.

Frunce el ceño y pone ojos de loca.

—¡Pero es que no vamos a la tienda de pinturas!

—¿No? Entonces pediré algo que sea verde muy clarito.

La heladería es estrecha, con un mostrador largo y una hilera de mesas para dos personas frente a él. Eco recorre el mostrador de un lado a otro saltando y examinando los tonos de rosa, que incluyen chicle, crema de langosta, pipermín, cereza negra, tarta de cumpleaños y fresa. Yo sigo queriendo uno de pistacho.

—Por favor, ¿me pone uno de tarta de cumpleaños? —pide a la camarera—. ¡Estoy deseando que llegue el mío!

La chica del mostrador mira la cabeza calva y la mascarilla antigérmenes de Eco y no puede ocultar su pena. Intenta sonreír, pero sé que, como yo, estará preguntándose si Eco podrá vivir para cumplir un año más.

—¿Doble o sencillo? —pregunta.

—¡Sencillo! —responde Eco sin parar de saltar.

—Si quieres, puedes pedir uno doble —interviene papá. Nunca deja pasar la oportunidad de intentar atiborrarla a comida.

—No tengo tanta hambre como para comerme dos bolas —explica mi hermana.

—Y uno doble de pistacho para mí —añado.

—Que sea sencillo, por favor —dice papá—. Para mí nada, gracias.

No le importa gastar dinero en conseguir que Eco coma, pero yo solo puedo pedir un helado sencillo y él no puede tomar ninguno.

La mujer esboza una sonrisa triste y se da la vuelta para alcanzar los cucuruchos. Yo voy a por las servilletas y un par de cucharillas de plástico. La chica vuelve con nuestros helados.

—¿Puedo probar otro? —pregunta Eco.

Miro a papá, pero ha abierto la aplicación del banco en el teléfono y está mirando si estamos demasiado arruinados por los gastos médicos para permitirnos dos helados de cucurucho. No está enterándose de nada de lo que ocurre.

La chica sonríe.

—¿Cuál quieres probar?

—¡El de tarta de cumpleaños!

Hago un gesto de impaciencia.

—No se toma una prueba del helado que ya has pedido.

—No importa —dice la chica. Saca una cucharilla, la hunde en el helado y vuelve—. Aquí tienes.

—¡Gracias! —Eco se levanta la mascarilla para probarlo—. Mmmmm. Me alegro de haber pedido este sabor.

—Son cinco veinticinco.

Papá saca el monedero.

—Déjeme invitarlos —dice una voz a nuestra espalda; es de un hombre unos diez años más joven que papá. Mira a la chica del mostrador—. Por favor, póngalo en mi cuenta.

La camarera mira a uno y otro hombre. Papá mira a la camarera y al desconocido.

—Por favor —insiste el hombre, que lleva un chaleco sobre una camisa de cuadros—. Me gustaría mucho que me permitiera invitarlos.

—Gracias —dice papá, intentando sonreír.

—Gracias —repito.

—No hay de qué. —El hombre sonríe complacido.

Le doy un codazo a Eco.

—Da las gracias, Eco.

—¡Gracias! ¡Gracias!

El hombre le sonríe.

—Encantado.

Nos apartamos del mostrador y de aquel hombre tan generoso. Pero justo detrás de él hay una cara que reconozco. Es Sydney, la chica que se sienta a mi izquierda en la clase del señor D. La chica que siempre refunfuña si digo cualquier cosa medianamente ingeniosa, cualquier cosa que guste al señor D. Mi némesis lanzadora de puré de patatas. Se queda mirándome con expresión extraña y después mira a Eco.

—Disculpa —digo, porque está casi en el medio.

Se aparta a un lado, pero sigue mirándonos boquiabierta al pasar.

Estupendo. Ahora que lo sabe, lo sabrá toda la academia. Que soy la chica de la vida triste, la de la hermanita enferma que come helado gracias a la caridad ajena.

Hasta el helado me parece triste.

Y la academia va a hacerse insoportable.

El día siguiente en la academia es el peor de mi vida. Me niego incluso a mirar a Octavius, así que no dirijo la palabra a nadie y nadie me dirige la palabra a mí. Pero todos me miran al pasar. Me miran como si supieran algo de mí que no quisiera que supieran. Y siento como si estuvieran susurrando: «Ooooh, pobrecita. Su hermana tiene cáncer. No puede pasarlo bien porque está tristísima».

De camino a casa, los perros que han salido a pasear huelen mi tristeza. Se esconden detrás de las piernas de sus amos al cruzarme con ellos. Cuando entro y mamá me dice hola, es la primera palabra que alguien me dirige desde que me dijo adiós cuando salí por la mañana.

En la cocina escucho vibrar a mi teléfono sobre la encimera. Lo miro y veo un mensaje de Maisy.

¡Hola, Ele! Te echo muuuuuuuuuuuucho de menos. ¿Cómo va todo?

—¡Todo va perfectamente! —contesto a la cocina vacía.

No respondo; vuelvo a dejar el teléfono en la encimera y abro la despensa. Toda la comida tiene pinta de sosa, pero debajo del primer estante distingo una vieja amiga a la que últimamente he dejado abandonada. Mi raqueta de tenis. La alcanzo junto con una lata de pelotas y cruzo el salón a toda prisa, dejo atrás a mamá y salgo.

Bajo la escalera y, ya en la calle, me quedo en lo alto de los peldaños y miro el edificio de enfrente, de arriba abajo.

—¡Bienvenidos al casi Club de Tenis de Greenwich Village! —anuncio al vacío.

Destapo la lata y hago rodar las tres pelotas en mis manos. Desciendo los escalones hacia la acera y giro sobre mis talones buscando un sitio hacia donde lanzar. Pero no hay espacios vacíos en las fachadas. Por el contrario, hay ventanas a cada paso, ventanas en los sótanos, escalones, barandillas metálicas y macetas con flores en las ventanas, por no hablar de los árboles de las aceras ni de los coches aparcados en la calle que ocupan todo el espacio disponible.

No importa. Hago botar una pelota en la acera y al elevarse la golpeo con mi mejor golpe de derecha. Logro acertar a un ladrillo del otro lado de la calle en un espacio libre entre las ventanas y rebota hacia mí. La recibo en la calzada y la golpeo de revés. Estoy desentrenada, pero nadie lo diría viendo la fuerza de mis movimientos. La pelota golpea la puerta de una casa y rebota hacia mí. Esta vez la alcanzo al segundo bote y le asesto otro revés que la hace golpear el lateral de una furgoneta. Tengo poco tiempo para reaccionar, pero consigo hacer una dejada que la manda al hueco de la escalera de un sótano.

Anuncio el marcador:

—Quince a nada.

Un repartidor que va en bicicleta sonríe al pasar a mi lado. Hago botar otra pelota y la machaco. Esta vez fallo y no golpea la pared. Rebota en una ventana del primer piso y regresa abriéndose paso entre las ramas de un arbolito. Lanzo una volea al otro lado de la calle, golpea la pared y sale disparada hacia lo alto. La espero maniobrando con un juego de pies soberbio y la recibo con un remate alto que le borra la cara a una flor de una maceta del edificio de enfrente.

—Treinta a nada.

Boto y golpeo la última bola, pero sale demasiado baja y se estrella con un golpe seco contra un coche de aspecto muy caro que hay aparcado enfrente. La alarma de este se dispara y rebota contra los edificios mientras la pelota rueda calle abajo. Dejo caer los brazos y me quedo quieta un instante. Justo entonces se asoma un hombre por una ventana del tercer piso de la casa de enfrente y me fulmina con la mirada.

—Lo siento —exclamo.

Apunta al coche con la llave y desconecta la alarma; después cierra la ventana y desaparece.

Me vuelvo con la intención de lanzar la raqueta por los aires, pero antes de que me dé tiempo veo a mi padre en lo alto de los escalones que conducen a nuestro apartamento. Tiene las manos en los bolsillos.

—¿Echas de menos el tenis?

Dejo caer los hombros y asiento en silencio.

Mira a su alrededor y recorre la calle con la vista, de un extremo a otro.

—Hace un buen día para jugar.

Señalo al otro lado de la calle con la raqueta.

—Acabo de matar una flor.

—¿Qué tal en clase?

Se comporta como si hubiese estado jugando al tenis, no como si acabara de verme en plena rabieta. Un detalle por su parte, observo.

Lo miro de arriba abajo.

—¿Tú no tenías que estar enseñando a pintar a los pequeñajos? ¿También te han despedido?

Hace un gesto negativo.

—No. Hoy es día de formación en la Academia de Cerebritos Privilegiados. No hay clase.

—Ah.

Se sienta en un escalón y subo a sentarme a su lado. Tiene razón en lo del día; un poco fresco, pero despejado. Un día perfecto para jugar al tenis si hubiera una pista donde hacerlo. Pienso en lo que los chicos de mi antiguo colegio estarían haciendo un día como hoy y concluyo que las chicas estarían jugando al tenis en el gimnasio del sótano. O al baloncesto.

Papá mira su teléfono y luego me da un codazo.

—No has contestado a mi pregunta.

—¿Sobre las clases? Probablemente haya sido el peor día de mi vida. Pero sobreviví.

Asiente sin decir nada. No intenta sonsacarme por qué me siento así. Me quedo con la vista fija en las casas de la acera de enfrente, pero lo observo con el rabillo del ojo.

—Bien —dice.

—Por lo visto, la chica de la clase del señor D que nos vio con Eco en la heladería ha debido de contarle a toda la academia lo del cáncer. Así que hoy todo el mundo dejaba de hablar cuando pasaba a su lado. Era como si contuvieran la respiración.

—Quizá solo sean imaginaciones tuyas.

—O quizá le haya hablado a toda la academia sobre mí y sobre mi desgraciada vida. Y sobre un desconocido que nos invitó a los helados porque no teníamos dinero.

—Fue todo un detalle —comenta papá en voz baja—. No todo el mundo lo entendería.

Seguro que mi padre ha salido porque ha pasado algo desagradable. Malas noticias sobre Eco, o sobre todos nosotros. Ya estoy demasiado acostumbrada a las malas noticias como para preocuparme en exceso. Las acepto sin más, como si estuviera enterrada en la arena y la marea estuviera subiendo para ahogarme.

—Dice mamá que Maisy lleva semanas enviándote correos y mensajes al móvil y que la has estado evitando.

—¿Y qué le hace pensar eso?

—La llamó la madre de Maisy.

Asimilo la situación. La visualizo en mi mente.

—Y supongo que mamá le habrá contado a la madre de Maisy que Eco tiene cáncer.

—Creo que existe una alta probabilidad de que haya salido el tema.

Frunzo el ceño con la vista clavada en la acera.

—¿No quieres seguir siendo su amiga? —pregunta papá.

Observo un pájaro que pasa volando a toda velocidad.

—Es que… —No soy capaz de terminar la frase.

—A veces me culpo a mí mismo —confiesa papá—. Me digo que, si ganara más dinero, iríais al pediatra y al dentista con más frecuencia. Quizá se lo habrían detectado antes.

Espero a oír más, luego levanto la vista hacia él. Tiene la mirada perdida, como si pudiera atravesar la acera con la vista.

—Eres un buen padre. —Lo rodeo con un brazo—. El mejor. El tumor creció muy deprisa. Eso es lo que dijo el médico.

—Gracias por tus palabras. —Me rodea con el brazo como para devolverme el favor—. Gracias por animarme.

—Todos para uno, cuatro para uno —le recuerdo sin sarcasmo alguno.

Recorro la calle con la vista, los árboles de las aceras vistiéndose de otoño, las coquetas casas con barandillas de hierro forjado en la escalera. Las flores de los maceteros, aunque una de ellas se haya quedado sin cara gracias a mi lanzamiento alto y chapucero.

—La verdad es que este sitio es precioso. Manhattan y el Village. Sobre todo si te gusta la gente. —Me doy golpecitos en el pie con la pala de la raqueta—. Y a mí me gusta la gente. Lo único que pasa es que estoy pasándolo un poco mal esta temporada. La culpa de no tener amigos es solo mía.

—Claro que tienes amigos —responde papá.

Dirige la vista al final de la manzana como si esperase a alguien. Vuelve a mirar el teléfono que tiene en la mano, la que no ha apoyado sobre mi hombro; después lo deja en el escalón y se seca una lágrima. Yo me seco las mías con la manga del jersey. Las lágrimas son ahora tan frecuentes entre nosotros que ya no nos dan vergüenza.

—A ver, ¿cuál es la mala noticia? —pregunto.

Permanece en silencio, así que me vuelvo hacia él.

—No hay malas noticias.

—Entonces, ¿por qué estás tan triste?

—Me pone triste que esperes malas noticias.

Me recuesto sobre él y cierro los ojos.

Por un instante, es perfecto el amor entre papá y yo. Pero entonces se oye un carraspeo y papá se aparta de mí. Maisy está al pie de los escalones, con una solitaria rosa amarilla en la mano, mirándome con curiosidad e intentando descifrar mi expresión. Me tapo la boca con la mano y casi sin darme cuenta me levanto del suelo.

—¿Por qué me dejas fuera de tu vida? —pregunta—. No es justo.

Papá se pone en pie y entra en nuestro edificio. Vuelvo a sentarme.

—Últimamente están pasando un montón de cosas que no son justas. Pregúntale a Eco.

Maisy tira la rosa a la acera. Tiene los puños cerrados a ambos lados del cuerpo.

—Se supone que ser amigas no es esto. Si algo te hace sufrir, se supone que a mí también. Se supone que me puedes contar tus miedos. Si no, ¿qué sentido tiene?

Vuelvo a ponerme en pie. Bajo la vista hacia ella con el ceño fruncido.

—¿Es eso lo que quieres? ¿Ser parte de mi pena?

Da un golpe con el pie en el suelo y aplasta la rosa.

—¿Es que no acabo de decírtelo?

Su expresión se entristece mientras vuelo sobre los escalones para situarme a su lado en la acera. Miro la rosa amarilla aplastada.

—Espera un momento.

Cruzo a paso ligero hasta la casa de enfrente, me acerco al macetero de la ventana y encuentro la cabeza de la flor decapitada. Tiene todavía un centímetro de tallo, el centro amarillo y los pétalos blancos, aunque algunos se han desprendido. La recojo y vuelvo a reunirme con Maisy, que sigue sin despegar la vista de la acera. Coloco la flor en la palma de mi mano y la levanto hasta ponerla ante sus ojos.

—Toma —le digo—. Decapitada.

La acepta. Hace girar el tallo roto entre los dedos. Luego se inclina y recoge la rosa amarilla.

—Toma —dice a su vez—. Aplastada.

La acepto y me la llevo a la nariz. Huele como la cobertura de las magdalenas del cumpleaños de Maisy.

Después nos acercamos hasta abrazarnos; su pelo tan familiar contra mi mejilla. Vuelvo a llevarme la rosa amarilla a la nariz. La huelo y me digo que nunca olvidaré la fragancia de esta rosa amarilla aplastada ni la sensación de volver a tener a mi mejor amiga a mi lado.

Maisy se queda a cenar, así que mientras comemos no llegan mensajes a los que no hacer caso. Todo lo contrario: nos sentamos muy juntas y yo como con la mano izquierda para poder estrechar la suya con la derecha. Respondo a todas sus preguntas, le confieso que no me va nada bien en la academia, que nada es tan maravilloso como le había contado. No le confieso lo aterrorizada que estoy por Eco y su cáncer —en este momento, no— porque mi hermana está sentada frente a nosotras.

Después de cenar salimos los cinco a tomar helado con chocolate caliente, veo que ahora la heladería también tiene un tarro de cristal con la fotografía de Eco y, de repente, me doy cuenta de que por supuesto Maisy sabría lo de Eco por la cantidad de tarros que hay por todo el barrio.

Durante la cena, el helado y el paseo, me pongo al día de todas las noticias sobre mi antiguo colegio y mis antiguos amigos, que Maisy me asegura que no son antiguos, sino simplemente mis amigos.

Le prometo que contestaré a sus mensajes, que no dejaremos de hacer esto. Yo iré a su casa, ella vendrá a la mía, y haremos todo lo que solíamos hacer, tan solo para divertirnos. Y lo digo absolutamente convencida, hasta la última palabra.

Es casi la mejor noche de mi vida. Me infunde esperanza.

Espero que sea una esperanza a la que pueda aferrarme.

10

A PESAR DE lo maravillosa que fue la noche con Maisy, al día siguiente no tengo ninguna gana de ver a Octavius al llegar a la academia. Durante la clase de educación física, estoy tan distraída que me llevo un balonazo en la cara y me duele mucho, así que decido meterme en los lavabos y pasar la hora de ciencias allí escondida. Pero cuando llego, el olor es tan insoportable que giro sobre los talones y me voy a clase de todos modos.

Entro en el último momento y evito cruzar la mirada con Octavius mientras el señor Bleeker presenta una unidad didáctica sobre la desaparición de las abejas. Bleeker disfruta de manera especial hablando de cosas deprimentes; justo lo que me faltaba con este estado de ánimo. No es capaz de mandarnos aprender nada que no acabe con la extinción de la humanidad ni de alguna otra especie. Hoy es la extinción de las abejas y la consecuente eliminación de todo elemento colorido y delicioso en nuestra dieta.

Al menos hoy no toca laboratorio, así que no tengo que sentarme con Octavius.

Pero justo cuando el señor Bleeker está describiendo los alimentos descoloridos e insípidos que nos quedarán al desaparecer las abejas, algo me golpea una mejilla y cae encima de mi pupitre. Es un triángulo hecho de papel doblado con las palabras «Ábrelo, Ele».

Sé de quién proviene y no pienso mirarlo. En cambio, le lanzo una mirada con furia y desdén al triángulo de papel doblado, después paso la mano por encima de la mesa y lo hago caer al suelo.

—Las galletas saladas seguirán en escena —dice el señor Bleeker—. ¿Algún fan incondicional de los aperitivos salados?

Entonces oigo un sonido lento y furtivo de un papel al rasgarse a mi izquierda. Juro que soy capaz de oír a Octavius escribiendo y doblando el papel, y en cuanto el señor Bleeker se vuelve de espaldas a la clase sale volando hacia mí, me alcanza en el mismo punto de la mejilla izquierda y vuelve a aterrizar en mi pupitre.

Lo ignoro todo el tiempo que soy capaz, pero luego me doy cuenta de que, en realidad, no quiero ignorarlo. Bajo la vista aparentando estar enfadada y veo las palabras «Por favor, ábrelo» escritas con la letra de Octavius.

Suspiro y empiezo a desdoblarlo.

Si quieres saber la verdad, ven al Café de Frenchy a la salida de clase.

No contesto. No tengo nada claro si quiero saber la verdad ni cualquier otra cosa sobre Octavius.

Me paso toda la clase de dibujo sin llegar a tener claro si voy a reunirme con él. Me resulta dificilísimo sopesar los pros y los contras, porque la señorita Número Uno está tan inexplicablemente alegre que da miedo. Sigo sin tenerlo claro mientras dibujo de memoria el edificio donde vivo, que es la tarea de hoy, ni lo tengo del todo claro cuando suena el timbre y termino el dibujo a toda prisa, meto mis cosas en la mochila y salgo de la academia para sumergirme en la tarde gris.

No lo tengo claro al caminar sin rumbo por la acera, ni siquiera lo tengo claro al abrir la puerta del Café de Frenchy y distinguir a Octavius sentado ante una mesa en un rincón tras una bebida gigantesca con nata montada.

Hace un gesto tímido y me vuelvo hacia la barra, donde espera un hombre con un delantal.

—¿Qué vas a tomar? —pregunta con acento francés. Supongo que este debe de ser Frenchy.

Levanto la vista hacia la carta, pero solo tiene texto. En circunstancias normales pediría una riquísima bebida cremosa con nata montada como la que casi consigue ocultar a Octavius. Pero necesito pedir algo que haga que Octavius se dé cuenta de lo enfadada que estoy.

—Algo oscuro —pido por fin—. Quiero justo lo contrario de lo que esté tomando él —añado, señalando a Octavius.

Frenchy levanta una ceja. Pienso que es muy posible que esté satisfecho de mi decisión.

—Creo que te gustará el café turco. Es la bebida perfecta para discrepar de ese brebaje espumoso —responde a la vez que hace un gesto con la cabeza en dirección a Octavius.

—Perfecto.

Frenchy me da la cuenta y sufro una auténtica conmoción al ver lo caro que es este café turco. Deben de traerlo especialmente de Turquía.

Una vez que he pedido y pagado, no me queda más opción que reunirme con Octavius. Cruzo el café y dejo mi mochila junto a la suya. Nuestras mochilas pueden hacer las paces mientras él y yo hacemos lo mismo.

—Te agradezco que hayas venido —dice.

Me dejo caer en la silla frente a él. No quiero decir «Claro que iba a venir», porque no lo tenía nada claro y sigo sin tenerlo, y «De nada» parece que muestra más generosidad de la que en realidad siento. Así que no digo nada.

Toquetea la pajita de su bebida.

—Siento no haberme explicado como debía. Entiendo que pienses que es algo siniestro que me tome tanto interés por Eco.

Lo observo y espero que siga hablando. Mira al otro extremo del local, luego vuelve a mirarme.

—No quería contarte mi historia, ni el final, porque sé lo importante que es ser positivo cuando un ser querido está luchando contra el cáncer.

Baja la vista hacia sus manos, cruzadas sobre la mesa.

—Mi madre no es médico.

Me permito considerar esta confesión. Y no la considero horrible. Quizá se sienta avergonzado porque su madre tiene un trabajo desagradable y nada prestigioso. La Academia de Artes del Village a veces causa ese efecto en los alumnos.

Pero entonces se hace la luz.

—Si tu madre no es médico, ¿cómo es que sabes tantas cosas sobre el Hospital Pediátrico Midtown?

—Mi hermana... —empieza. Se interrumpe cuando Frenchy trae una taza enorme de café negro coronado con espuma de color tostado. En el plato hay dos galletitas de mantequilla.

—¿Qué es eso? —pregunta, señalando la bebida.

—Es café turco. Llevo toda la vida bebiéndolo —me permito mentirle. Se lo debía.

Me llevo la taza a los labios y bebo un sorbo. Sabe fatal y tengo que hacer auténticos esfuerzos para no sacudir la cabeza y hacer muecas de desagrado.

Octavius da un sorbo de su bebida de aspecto delicioso con nata montada y se limpia la boca. Después inspira hondo y lo suelta:

—Mi hermana tenía cáncer.

—Ah —respondo, sintiéndome de pronto como una gilipollas insensible—. ¿Y cómo está?

De repente, Octavius parece haber empequeñecido. Bebe otro sorbo de su batido helado.

—Por eso no deberías estar hablando conmigo. Porque necesitas escuchar únicamente historias positivas. Finales felices. Necesitas creer que todo va a salir bien. —Vuelve la vista a la puerta y luego otra vez hacia mí—. Porque va a salir bien.

He abierto los ojos como platos, pero lo veo todo borroso.

—Pero no salió bien —digo. Mis palabras brotan en tono apagado—. ¿Verdad?

Hace un gesto negativo. Después inclina la cabeza y se tapa los ojos con la mano.

De pronto siento todo como si me hubiera pasado a mí, como si se tratara de mi hermana y no de la suya. Entiendo lo que es sentir empatía y me doy cuenta de que es una sensación que nunca he experimentado antes. Sabía lo que significaba y creía que la había sentido, pero no.

Ahora sí la siento.

—¿Cómo se llamaba?

—Cassia —contesta sin destaparse los ojos.

—Cassia —repito—. Qué nombre tan precioso.

Aparta la mano de la cara y deja ver su dolor.

—Tenía ocho años cuando murió. —Tiene la mirada perdida y tamborilea con los dedos en la mesa—. Pero luchó como una leona. Y vivió aprovechando cada minuto.

Nunca había visto a nadie mostrar su fragilidad como Octavius en este momento.

—Estoy segura.

—Le encantaba la ópera. Y los helados.

—¿Cuál era su favorito?

—El de tarta de cumpleaños —responde con una sonrisa—. Y la volvían loca las cometas. Le encantaba hacerlas volar en el parque y en la playa. ¡Hasta sabía hacerlas! En su habitación hay una que hizo ella.

—Me encantaría verla.

—¿La cometa? ¿O su habitación?

—Las dos cosas.

Octavius vuelve a sonreír.

—Y le encantaba hacer castillos de arena en la playa. Quería vivir hasta que llegase el verano para volver a pisar la arena.

—¿Lo consiguió?

—No.

No sé qué decir. No sé por qué el universo puede ser tan cruel.

—Pero estaba en la etapa cuatro —añade rápido—. Tenía muchas menos posibilidades. —Me mira fijamente—. Dijiste que Eco estaba en la etapa uno, ¿no? Todo va a salir bien. —Se recuesta sobre el respaldo y mueve la cabeza—. Me he sentido como si estuviera traicionando a Cassia al tomarme tanto interés por Eco. Como si, al haber perdido la batalla, estuviera intentando alinearme con una niña con mejor pronóstico que ella. Como si fuera uno de esos niños que siempre animan al equipo favorito para no tener que perder. Pero mi padre me enseñó que hay que animar al equipo de casa, y si el

160

equipo de casa no juega debe animarse al que lleva las de perder.

—El mío habría dicho lo mismo —comento.

Octavius desvía la mirada y bebe otro sorbo.

—Lo siento. No debería agobiarte con todo esto. Ya tienes bastante con tener que pasar por lo que estás pasando con Eco.

Me seco los ojos con el antebrazo y doy un sorbo a mi café turco. Sabe tremendamente amargo, como si encerrara siglos de sufrimiento.

—Parece que tú también estás pasando por lo mismo —digo—. Con Cassia. Y con Eco. —Tomo otro sorbo de café—. Mi padre diría que nuestro equipo favorito es el de Eco y el siguiente el de cualquiera que esté luchando contra el cáncer. —Noto que me brillan los ojos—. Y si tú lo crees, si sientes lo mismo que mi padre, entonces bienvenido a bordo. Tienes sitio en las gradas.

Sonríe y se le escapa una risita.

Bebo otro sorbo de café.

Entonces se enciende una luz en mi interior.

—¡Noto su sabor! —exclamo, prácticamente a gritos. Miro a Frenchy, detrás del mostrador. Sonríe cuando levanto el pulgar. Luego vuelvo a mirar a Octavius—. Lo percibo.

Es una extraña señal. Me llevo la mano al pecho y siento los latidos de mi corazón.

—Percibo todo esto.

Ya de noche, tarde, estoy tumbada en mi cama mirando las estrellas pintadas en el techo con pintura blanca luminiscente. Eco está en la litera de abajo. La emisora clásica suena muy bajito con el tipo de música que nos ayuda a quedarnos dormidas. La música es cada vez más suave y me permite oír la conversación de mis padres en el salón.

—Algo tiene que salir bien de una manera u otra.

Es la voz de mi padre; después la música vuelve a llenar el silencio.

Escucho, pero lo único que oigo son los instrumentos de cuerda.

—… muy lejos de nuestras posibilidades —oigo decir a mamá cuando la sección de cuerda enmudece tras un chirrido.

Me incorporo y bajo de la litera. Camino sobre el suelo de madera sin hacer ruido, en pijama y calcetines, y pego la oreja a la puerta. Espero unos instantes, pero no oigo nada procedente del salón. Me los imagino con la mirada perdida, intentando descubrir cómo superar un obstáculo insalvable. Entonces abro la puerta y veo exactamente esa situación. Levantan la vista de ese punto invisible para mirarme, de pie en el reducido pasillo.

—Vuelve a la cama, Ele —dice papá.

No muevo un músculo.

—¿Todo bien? —pregunta mamá.

—No puedo dormir. —Me fijo en que mamá tiene una lata de cerveza en la mano. Papá tiene ante él un plato de tostadas—. Me tomé un café turco al salir de clase.

Papá sonríe.

—Bueno, en ese caso probablemente deberías quedarte levantada toda la noche escribiendo una tragedia.

—Podría escribir nuestra historia —murmuro, abatida.

—Podrías escribir nuestra historia si te apetece —dice mamá—. Pero no tiene por qué tomarse como una tragedia.

Sigo sin moverme, entre el salón y mi habitación.

—¿De qué hablabais?

Papá mira a mamá, lo que significa que debe tener cuidado de no decir nada que ella no apruebe.

Mamá suspira.

—De… decisiones difíciles.

Maullidos pasa por detrás de mí rozándome las pantorrillas.

—¿Vamos a irnos de Manhattan y a mudarnos a un lugar más barato?

Papá descruza las piernas y alcanza una tostada.

—Hay cosas peores que…

—Nadie ha hablado de mudarse —lo interrumpe mamá.

Papá sonríe y da un mordisco a la tostada.

—¿Voy a tener que volver a mi antiguo colegio?

Papá responde al tiempo que mastica:

—Hay cosas peores que esa.

Mamá lo mira muy seria.

—Nadie ha dicho que tengas que cambiar de centro.

Maullidos vuelve a pasar rozándome las piernas. Bajo la vista, pero no lo toco. Se me ocurre que es algo extraño preocuparme por si tengo que abandonar un centro donde no estoy a gusto.

—Necesitamos algo parecido a un milagro, ¿no? —me oigo decir de repente.

Mamá vuelve a suspirar.

—Esperar que sucedan milagros no es la mejor actitud para enfrentarse a las dificultades de la vida. —Bebe un poco de cerveza—. Pero un milagro nos vendría muy bien.

Papá vuelve a hablar masticando la tostada:

—Un milagro sería muy bien recibido.

A LA MAÑANA siguiente me despierto y asomo la cabeza desde mi cama hacia la litera de abajo. Me he acostumbrado a hacerlo, observar la silueta de Eco para ver si sigue respirando. No es que esté en peligro inminente, pero lo hago de todos modos. Sin embargo, hoy no está en su cama.

Bajo de mi litera y salgo al pasillo. Mis padres levantan la vista de la mesa del desayuno. Sonrío, solo por ellos, y avanzo un par de pasos en dirección al cuarto de baño. Oigo a Eco dentro.

Tengo que hacer pis, pero está echado el pestillo. Espero.

Oigo la cisterna y después el grifo del lavabo. Ambos sonidos me dan muchas más ganas de hacer pis.

—¡Eco!

—Dale un minuto —exclama mamá desde la mesa.

Oigo que Eco está lavándose los dientes. Después el ruido que hace al escupir.

Sigo esperando.

—¿Qué estás haciendo?

—¡Tengo que hacerme el tratamiento de la boca! —grita al otro lado de la puerta.

Suelto un gruñido. Estoy dispuesta a hacer pis en un cubo. O en el arenero de Maullidos.

Pego la oreja a la puerta. La escucho frotar algo en la boca, luego escupir y el tintineo de un vaso al dejarlo encima del lavabo. Después su vocecilla:

—Esto es difícil, pero soy capaz de hacer cosas difíciles.

Escucho con atención. Intento amortiguar el sonido de mis latidos.

Cuando vuelve a hablar, lo hace casi como un susurro:

—Uno, dos, tres, ¡ya!

Se hace un instante de silencio, después ruido de arcadas y la oigo volver a dejar el vaso en el lavabo.

A continuación se abre la puerta y aparece con la tristeza dibujada en su rostro expresivo. Sale con la cabeza inclinada y los brazos colgando a ambos lados del cuerpo.

—¡Lo has conseguido! —la animo—. ¡Choca esos cinco!

Levanto la mano y la golpea con gesto mecánico. Pasa por delante de mí con paso cansado y se deja caer encima de la cama.

Entro en el baño y cierro la puerta. Mientras estoy sentada haciendo pis, veo un trozo de papel arrugado en el suelo, junto a la papelera. Lo alcanzo y lo abro. Luego lo aliso sobre el mueble del lavabo.

Es un trocito de papel en el que Eco ha dibujado una niñita calva con lágrimas en las mejillas. En la parte superior ha escrito las palabras «Te echo de menos, pelo».

En ese momento me doy cuenta de que es del todo consciente de su situación. No es simplemente una niñita despreocupada y demasiado ingenua como para no darse cuenta de que tiene cáncer.

Lo percibe todo. Cada pinchazo, cada sabor asqueroso, cada inyección de 30 mililitros de veneno en el reservorio, cada miedo. Lo asimila todo, lo siente todo, lo sufre todo, pero es increíblemente fuerte. Conoce el tamaño de la bestia contra la que está luchando y pelea con todas sus fuerzas y con todas las notas de humor que es capaz de mostrar.

Me cepillo los dientes. Pongo la recopilación de *Canciones para la lucha de Eco* que preparó Octavius, me meto en la ducha y me lavo el pelo, del que solía quejarme por tener demasiado. Es la primera vez que la escucho y me hace polvo. Hay canciones con títulos como «Héroes», «Todo perfecto» o «Pasión» por la vida. Todas parecen tratar sobre una niñita que lo único que quiere es pasarlo bien, vivir y ver a sus amigos, también ser la más popular de la clase y sentirse bien. Todas las cosas a las que aspiraría cualquier niña.

Me hace llorar sin control. Me llena el corazón.

No salgo de la ducha hasta que el agua se enfría. Luego me seco y me siento a la mesa con mis padres. Hay té, huevos y tostadas.

—Tengo una idea sobre la que me gustaría saber tu opinión —dice mamá.

—¿Cuál? —pregunto mientras remuevo el azúcar en mi té Darjeeling.

—Bueno, he estado pensando en distintas ideas sobre cómo llegar a la gente que necesite vestidos u otro tipo de ropa para quimioterapia. Hay tablones y otros lugares donde puedo anunciarme. Pero el problema es que la gente que pueda estar interesada en un vestido o una camisa especial para el reservorio estará pasando por los mismos apuros económicos que nosotros.

Muerdo una tostada y empiezo a masticar. Trago.

—Pon una franja de precios —sugiero—. Que cubran solo tus gastos si es eso lo único que pueden pagar, y si pueden permitirse el maravilloso trabajo de una diseñadora casi famosa y con un talento increíble, que paguen una cantidad más alta.

Mamá sonríe y mira a papá.

—¿Hemos educado así a Ele? ¿Es tan buena persona gracias a nosotros?

Papá esboza una sonrisa.

—Probablemente, no.

Mamá se echa a reír y se inclina para darme un beso en la mejilla.

—No soy tan buena persona —objeto.

Ambos me miran con gesto inquisitivo, así que desdoblo el dibujo de Eco encima de la mesa para que lo vean. Papá sacude la cabeza. Mamá se lleva una mano al corazón.

—Creí que no era plenamente consciente de lo que ocurría hasta que vi esto. —Dirijo una mirada al pasillo para cerciorarme de que no anda por allí—. De verdad, pensé que estaba tomándoselo todo tan bien porque era demasiado pequeña e incauta para darse cuenta de qué estaba pasando. Pero es fuerte.

—Tienes razón, es fuerte —dice mamá, al tiempo que apoya una mano sobre la mía—. Es una nueva experiencia para todos, Ele.

—Tú también eres fuerte. —Papá me llena el vaso de zumo de pomelo—. Estás portándote muy bien.

Después de las clases, Octavius permanece en silencio durante todo el trayecto en tren hasta su barrio en Hamilton Heights. Permanece en silencio al recorrer las aceras sin pájaros donde las sombras son cada vez más alargadas. Permanece en silencio cuando me hace entrar en su edificio y subir tres pisos de escaleras, cuando abre la puerta del piso y pasamos ante su madre, que levanta la vista desde la mesa de la cocina sin decir nada.

Recorremos un corto pasillo hasta llegar a una puerta cerrada. Octavius me mira y después gira el pomo.

—Ele, esta es Cassia.

—Cassia —me oigo decir al abrirse la puerta para descubrirme su mundo.

Está exactamente como ella lo dejó cuando se llevaron su cuerpo sin vida hace dos años. Entro en la habitación. Hay estanterías llenas de libros y móviles que cuelgan del techo, de docenas de minúsculas cometas de papel de colores vivos y de Pegaso, el caballo alado. También de nubes y guirnaldas de gotas de lluvia y hojas de otoño, y un arcoíris pintado en la pared. Hay una ventana desde la cual se ve la ventana de un vecino al otro lado de un callejón.

Hay un tocadiscos y un montón de álbumes, todos de ópera. Alcanzo uno cuya carátula muestra a una mujer regordeta con la cara brillante que lleva un traje de noche y les canta a las luces.

—Ese era su favorito —indica Octavius. Vuelvo a dejarlo con los demás—. Está puesto. Fíjate.

Acciona un botón, levanta el brazo y deja la aguja sobre el disco. El crepitar enmudece cuando la aguja encuentra el surco y emerge una voz de soprano —en italiano— que llena la estancia. Es hermosa y doliente, muy distinta a todo lo que veo en ese cuarto, como si fuese el ingrediente que falta de los sentimientos que puede experimentar el ser humano. Como si fuera el llanto de Cassia.

Por encima de la cama se extiende una cuerda, como la de un tendal, de la que cuelgan tarjetas con deseos de una feliz recuperación. También colgada del techo, en un rincón, hay una cometa amarilla de papel con las palabras «¡Cuidado ahí abajo!» escritas en cursiva. La cola está adornada con docenas de pulseras de papel identificativas de la sección de quimioterapia.

Las paredes están llenas de carteles de cachorros y fotos de familia, también de dibujos que me harían sonreír si fuera capaz de hacerlo.

También hay un calendario con dibujos trazados con un estilo que reconozco como el de Octavius. Muestra que había sesiones de quimioterapia todos los días excepto el domingo, en el cual hay escrito «¡Helado y tiovivo!» en su lugar. En las casillas de los domingos hay dibujos de caballitos y de helados de cucurucho o de copa, mientras que las de los demás días muestran agujas hipodérmicas, pastillas y edificios de hospitales.

Sobre la almohada veo una fotografía de Cassia antes de caer enferma, sonriente, con los ojos y los dientes brillantes y una melena negra y poblada. La alcanzo y la observo con detenimiento.

—Es preciosa.

Después me inclino para leer algo escrito con rotulador en cursiva en la pared, junto a la cama.

Esto es difícil, pero soy capaz de hacer cosas difíciles.

Me fallan las rodillas. La foto se me cae de las manos.

Vuelvo la espalda a la frase y me apoyo en el escritorio para mantenerme en pie.

Octavius me sujeta por el hombro.

—¿Estás bien?

—Oí a Eco decir esas mismas palabras.

Asiente y vuelve a colocar la fotografía encima de la almohada.

—Se las enseñan en las sesiones. Es uno de los mejores gritos de guerra.

Me mira fijamente a los ojos, pero no pienso venirme abajo en su presencia.

Inspiro hondo.

—¿Puedo volver de visita más veces? —pregunto.

Octavius parece desconcertado.

—¿Te refieres a verme a mí o...?

—A Cassia —respondo—. Y a ti.

Recorro el cuarto con la vista y hago un gesto de aprobación.

—La verdad es que me haces muchísima falta en el Equipo Eco.

12

DOS DÍAS DESPUÉS voy de camino a casa al salir de la academia acompañada por Octavius. Por fin he accedido a que conozca a Eco. Estoy preocupada por si a mi hermana le parece extraño que quiera conocerla, pero creo que se lo debo después de que él me dejara conocer a Cassia, aunque será muy distinto, porque Eco está viva y Cassia está muerta.

—Por favor, no saques el tema de Cassia —le ruego cuando doblamos hacia mi calle.

—No lo haré.

—Y actuemos de forma natural, como si hubieras venido a hacer los deberes y ella estuviera allí por casualidad.

—Vale.

—Y no saques el tema del cáncer ni hables de ello a menos que sea ella quien empiece.

—Entendido.

Llegamos a los escalones de entrada y me vuelvo hacia él.

—Limítate a mostrar tu lado más encantador. Pero sin esa parte de ti que sabe tanto sobre el cáncer.

Me pone una mano en el hombro.

—Gracias por dejar que la conozca.

No le respondo «Serás muy bien recibido», porque, una vez más, no tengo del todo claro si será bien recibido. Tecleo el código de seguridad y abro la puerta. Subimos la escalera, y de pronto me asalta la imagen del cuerpo de Eco siendo llevado escaleras abajo. La aparto de mi mente, como he aprendido a hacer con los pensamientos que me estremecen, y me pongo a silbar «Pasión por la vida», de la recopilación de canciones que Octavius hizo para Eco.

Llegamos al rellano de la tercera planta, con nuestra puerta a la izquierda. Meto la llave, la entreabro y exclamo:

—Mamá, he traído a un amigo. ¿Estáis todos vestidos?

Mamá aparece y abre la puerta del todo. Me sonríe y después sonríe a Octavius.

—Imagino que serás Octavius.

—El mismo.

—He oído hablar mucho de ti. Soy Grace, la madre de Ele. ¡Pasa, por favor!

—Gracias.

Es un tanto horripilante que haya dicho que ha oído hablar de Octavius, como si me pasara la vida hablando de él o algo parecido. Hay cosas de costura por todas partes, con un maniquí en medio del salón. En la radio suena ópera. Más vale que a Octavius no se le ocurra decir que a Cassia le gustaba la ópera.

—Bueno, Octavius y yo tenemos que hacer deberes —anuncio a mi madre—. Después a lo mejor damos una vuelta.

—Pues no os entretengo —dice mamá con una aguja entre los labios—. Pero antes lavaos las manos, por favor.

—¿Está haciendo un vestido? —pregunta Octavius.

Yo hago un gesto de desesperación con los ojos.

—¡Sí! Me dedico a eso. En realidad, este está diseñado para permitir un acceso más fácil a un reservorio de quimioterapia. Así, cuando alguien necesite algún tratamiento contra el cáncer o cualquier enfermedad que requiera quimioterapia, puede verse guapa. Incluso los días que tiene que ir a recibir el tratamiento.

Octavius se acerca al maniquí.

—Vaya. Está genial.

—¿Ves? —Mamá aparta una solapa de tela y descubre una pequeña cremallera—. Y luego aquí abajo, en la cadera, hay otra abertura con cremallera para que salga el conducto una vez conectado. Así es más cómodo.

—Cassia nunca tuvo nada tan bonito.

No puedo creerme que Octavius haya dicho eso. Todo el camino dándole instrucciones y prácticamente lo primero que sale de su boca es su experiencia con el cáncer. Menos mal que Eco no está en el salón. Mamá lo mira como si estuviera dispuesta a seguir escuchando, pero no va a oír nada más de Octavius porque lo arrastro hacia la cocina.

—¿A qué ha venido eso? —le espeto en cuanto entramos. Me lavo las manos en el fregadero.

Está mirando la pizarra de *Todos para uno, cuatro para uno* pegada en la nevera.

—Qué idea tan guay.

—¿Puedes, por favor, intentar recordar lo que te he pedido?

Me mira.

—¿Qué? Ah. Sí.

—Y lávate las manos. ¿Es que ya te has olvidado de todo?

—No.

Se acerca al fregadero para lavarse las manos.

Justo en ese momento, Eco entra en la cocina saltando a la pata coja. Se detiene al ver a Octavius.

—¿Quién eres tú? —pregunta.

A Octavius se le ilumina la cara en cuanto la ve.

—Soy Octavius. Y tú ¿quién eres?

—Soy Eco. Soy la hermana de Ele. Soy una niña, pero estoy calva. Y no puedo ir al colegio. Tengo cáncer.

—Encantado de conocerte, Eco.

—Encantada de conocerte, Agravius. —Se cree muy graciosa.

—¿Echas de menos el colegio?

—Sí. Me gusta jugar a que los maniquís de mamá son otras niñas que también tienen que quedarse en casa. Y damos la clase juntas.

Octavius sonríe. Observo su reacción a las palabras de mi hermana.

—¿Es divertido? —pregunta.

—La verdad es que no. Pero es menos *no divertido* que no hacer nada.

—Me parto de risa contigo —dice él—. ¿Te gusta volar cometas?

Eco lo mira como si estuviera loco.

—¡Pues claro que me gusta!

Octavius sonríe.

—Tengo una que me gustaría regalarte. La próxima vez te la traigo.

—¡Gracias! —Saca su botella de agua de la nevera—. Bueno, tengo que hacer deberes. Mi profesora llegará enseguida y no le gusta nada que no los haya terminado.

—Suerte con el cáncer.

—¡Suerte con mi hermana!

Desaparece saltando a la pata coja.

Me siento a la mesa. Octavius se deja caer sobre una silla frente a mí. Parece como si estuviera esperando a que yo empiece a hablar.

—No sé por qué ha dicho eso —digo por fin—. Lo de «Suerte con mi hermana».

Octavius me mira, pero no dice nada. Así que tengo que cambiar de tema.

—¿De verdad vas a regalarle la cometa de Cassia?

Octavius asiente.

—A ella le encantaría. La hizo para volar. No para decorar su cuarto.

Qué maduro es. Pero no me gustaría tener que madurar de la manera que él ha tenido que hacerlo. No quiero pasar por lo que él ha pasado.

—Has estado bien con Eco —le digo.

—Gracias. Y tú has hecho un buen trabajo protegiéndola.

Sus palabras hacen que se me llenen los ojos de lágrimas. Ahora lloro con frecuencia, ni siquiera me pregunto por qué ni intento contenerme.

—Gracias.

Octavius mira el salón de pasada.

—¿Crees que deberíamos trabajar un poco o hacer algo?

Pongo mis ojos llorosos en blanco.

—¿Y si abrimos las carpetas y fingimos hacer los deberes?

Sonríe.

—Eso es aún mejor. —Abre su carpeta y saca una hoja con problemas de matemáticas—. Está muy mona sin pelo.

—¿En serio? —Me muerdo una uña—. No soy capaz de ver su cabeza calva sin pensar que no es más que un símbolo del cáncer.

Me mira. Estudia mis rasgos.

—Tiene tus mismos ojos.

—Los de mi madre.

Asiente.

—Ojalá…

—¿Qué?

—Ojalá me hubiera afeitado la cabeza cuando a Cassia se le cayó el pelo.

—¿Por qué?

—Como muestra de solidaridad. Equipo Cassia y todo eso.

Lo miro a la cara. Intento imaginármelo sin pelo.

—No habría servido de nada —concluyo. Después me muerdo una uña—. Yo no pienso hacerlo.

—No he dicho que debieras hacerlo —responde.

Pero está examinando mi cara y me doy cuenta de que intenta imaginarme sin pelo.

Cuando Octavius se va, me tumbo en el sofá a leer una novela que no tenga nada que ver con el cáncer mientras mamá se mueve frenética alrededor de uno de los maniquís que tengo cerca. Prende un alfiler, retrocede un paso para evaluar el efecto, después se acerca de nuevo, repite la operación.

—Va a llegar una clienta de un momento a otro —dice con la comisura de la boca. Tiene tres alfileres entre los labios.

—¿Estás pidiéndome que salga?

Se vuelve hacia mí y se saca los alfileres de la boca.

—¿Qué te hace pensar eso?

Me encojo de hombros.

—Ahora ya no te veo nunca.

Mamá ladea la cabeza. Me dirige una mirada compasiva.

Suena el interfono del portal.

Se vuelve rápidamente hacia el maniquí.

—¿Puedes contestar tú?

Suspiro, me pongo en pie y me acerco al botón de la pared.

—¿Sí? —pregunto en un tono casi demasiado alegre.

—Soy Marjorie, la del vestido —se oye por el altavoz.

—Suba. —Mantengo el botón pulsado durante tres segundos. Después miro a mi madre—. ¿Querías que saliera del salón?

—No, solo estaba diciéndote que iba a venir una persona. De hecho, me vendría bien que abrieras la puerta. Y me encantaría que te quedases en el salón.

Instantes después se oyen unos pasos en la escalera, en el rellano. Luego un golpe en la puerta. Me acerco y la abro.

En el umbral no solo está Marjorie —la mujer que llamó al interfono—, sino también una niña que parece de mi edad. Ambas sonríen.

—Hola —saludo.

—¡Hola! —responden las dos.

Ambas van muy arregladas y tienen una preciosa piel de un tono café con leche. Pero me quedo impresionada con la chica, que tiene la cabeza calva bajo su boina color arándano. Ella es la destinataria del vestido.

—¡Ele, por favor, invítalas a entrar! —exclama mamá mientras se dirige hacia la puerta apresuradamente.

Retrocedo para dejarlas pasar, pero no puedo apartar la mirada de la chica cuando pasa frente a mí. La quimioterapia ha hecho desaparecer sus cejas y las lleva pintadas con maquillaje. No es que intente crear un efecto dramático como la señorita Número Uno. Lo único que intenta es parecer una niña sana y normal que no ha perdido las cejas por culpa de la quimio.

Me aparto unos pasos para observar a mamá comportarse como una buena anfitriona, servir el té, despojar al maniquí del vestido y enseñárselo a la chica. Esta dice que es precioso, que le encanta, y mamá la acompaña al cuarto de baño para que se lo pruebe.

Solo cuando ha entrado en el baño y mamá está charlando con su madre en el sofá, noto que vuelvo a respirar con normalidad. Hay algo en esa chica —su edad, su manera de actuar— que me hace sentir como si fuese mi amiga, pero una amiga que de repente resulta poco reconocible por la enfermedad. Me hace tener ganas de ser su amiga. Pero también me da miedo, porque ya tengo bastantes preocupaciones con Eco.

Instantes después, la chica sale del baño. Está encantada, se gira para que la veamos. Su madre aplaude, la mía sonríe radiante. La chica está guapísima.

—¡Mira! —dice mientras desabrocha la solapa por donde se introduce la quimio—. ¡Es una monada! ¡Y va a ser facilísimo! —Luego se vuelve hacia su madre con una mano en el pecho—. Me hace sentir que sigo siendo yo.

—Me encanta que te guste —dice mamá. Se la ve muy satisfecha y orgullosa de sí misma. Después se vuelve hacia Marjorie—. Sé lo caros que son estos tratamientos y lo último que desearía sería añadir más cargas económicas. Así que, si el precio supone un problema,

181

aceptaré una cantidad menor. Puede pagar el precio total o solo cubrir los gastos, que en el caso de este vestido ascienden tan solo a veinte dólares de materiales.

La mujer abre mucho los ojos y ahora es ella quien se lleva una mano al pecho.

—¿Por un vestido tan bonito? ¡Es usted muy generosa!

Mamá sonríe y me mira.

—En realidad, la idea de hacer una escala proporcional fue de Ele.

Parece muy orgullosa de mí.

Ahora me sonríe el salón entero. La escala proporcional me pareció una buena idea en aquel momento, pero ahora pienso que con veinte dólares tendremos suerte si logramos pagar una comida. Pero da igual.

—¿Puedo llevármelo puesto? —pregunta la chica.

—¡Por supuesto! —contesta mamá.

Ella y Marjorie se levantan y hablan en voz baja. La mujer se inclina sobre la mesa de café para firmar un cheque.

La chica se me acerca. Es de mi misma estatura.

—¡Qué suerte tener una madre con tanto talento!

—Sí.

—¿Te hace vestidos a ti?

—A veces. —Mamá y la mujer están junto a la puerta y se dan las gracias mutuamente. La chica sigue a mi lado, sonriendo—. Suerte.

—¡Gracias! —dice. Y me abraza. ¡Me abraza!

Se marchan y la puerta se cierra. Mientras oigo sus pasos cada vez más lejanos en la escalera, rezo en silencio por la chica, aunque no soy yo de rezar mucho.

Mamá suspira.

—Qué simpáticas, ¿verdad?

—Sí.

Después alcanza el cheque que le ha dado la mujer y lo lee con atención. Ahora es mamá la que se lleva una mano al pecho.

—¿Qué pasa? —pregunto.

—Por lo visto mi precio no supone ninguna carga económica para ellas.

—Pues qué bien.

Mamá me tiende el cheque. Noto que estoy abriendo los ojos como platos para asimilar la cifra que hay escrita. Es el precio del vestido más diez mil dólares. Lo cual viene siendo, más o menos, veinte veces lo que mamá suele cobrar por un vestido.

En el concepto figura: «¡Gracias x su generosidad!».

13

EL LUNES EN clase de dibujo estoy haciendo un autorretrato con acuarelas. La señorita Número Uno nos ha puesto un montón de trabajos de autorretrato, lo que quizá signifique que cree que debemos ser más introspectivos, o posiblemente que quiere ponernos las cosas más difíciles. Pero hacerlo con acuarelas es lo peor.

Estoy pintándome calva, porque es muy difícil pintar el pelo con acuarela. Parezco un personaje de película de ciencia ficción. Pero también me parezco a Eco.

Entonces una sombra se cierne sobre mi trabajo. Miro por encima del hombro y veo a la señorita Número Uno. Tiene una ceja levantada mostrando interés, pero no es más que un trazo hecho a carboncillo.

—Estoy de verdad interesada en tu trabajo —dice—. Mi ceja está levantada no solo porque me la haya pintado con carboncillo.

Después deja una hoja de papel encima de mi mesa y se aleja.

Miro el papel. Es un folleto informativo que dice:

FIESTA SOLIDARIA POR ECO

El cáncer ha golpeado a una niña de seis años.
El mundo del arte contraatacará con una espectacular expresión de fuerza y belleza.
Los artistas plásticos más vanguardistas de Nueva York han donado obras cuyos beneficios se destinarán a cubrir los gastos médicos de Eco.
Galería Tar Soup, SoHo
Viernes, 28 de octubre a las 19:00 h

Aunque es todo un detalle, no sé cómo reaccionar ante este gesto de la señorita Número Uno. Así que evito mirarla a los ojos aún más de lo habitual, y cuando suena el último timbre salgo del aula procurando pasar inadvertida.

Después de cenar le enseño el folleto a mamá y a papá, aunque no en ese orden; se lo enseño a papá y él lo comparte con mamá. Más tarde, cuando Eco ya se ha acostado y estoy haciendo los deberes en la cocina, me llaman desde el salón.

Están sentados en el sofá y han dejado un espacio entre los dos. Me siento en el sillón y empiezo a retorcerme mechones de pelo.

Mamá empieza:

—Es una gran muestra de generosidad por parte de la señorita Número Uno. —Levanta el folleto y vuelve a dejarlo encima de la mesa—. Por favor, dile que me gustaría donar un vestido para la fiesta solidaria.

Sonrío.

—De acuerdo.

—Y —interviene papá—, por favor, dile que haré todo lo posible por terminar un cuadro a tiempo para poder contribuir.

En ese mismo instante me pregunto dónde demonios va a hacerlo. El piso ya está lo bastante abarrotado y papá era famoso por sus obras de gran formato. Pero me mantengo positiva.

—Genial —respondo.

Durante la semana siguiente, papá se pasa fuera de casa casi todo el tiempo, pero no le doy demasiada importancia. Mamá está atareadísima cosiendo vestidos con acceso al reservorio de la quimioterapia para niñas y mujeres y mandándome a la oficina de correos con paquetes para enviar. Cuando me acuesto, se dedica a trabajar en el vestido para la exposición. Papá vuelve a casa tras enseñar a dibujar a niños de guardería y de infantil y después de cenar desaparece de nuevo.

El jueves por la tarde, mamá está dando los últimos retoques al vestido con el que va a contribuir a la fiesta solidaria. Es corto y está hecho de sobres impermeables blancos con un poco de negro, azul y rojo. También hay varias etiquetas con direcciones auténticas aquí y allá. Ha unido las piezas con puntadas donde ha puesto doble papel irrompible para mayor seguridad. Tenía mis dudas sobre el resultado, pero la verdad es que le ha quedado muy muy bonito.

Entonces recuerdo que papá iba a contribuir con un cuadro y le pregunto.

—Os lo enseño después de cenar.

Cenamos los cuatro enchiladas de espinacas con acompañamiento de granada que nos ha hecho una mujer con la que mamá iba a yoga. Después friego los platos, que últimamente ha pasado a ser tarea mía, nos calzamos y salimos.

Papá nos lleva al exterior del edificio y a continuación nos conduce al sótano. Nuestro casero vive en un piso adonde se llega bajando seis escalones. La otra parte del sótano está ocupada por la zona de lavandería.

Nos sumergimos en un ambiente de aire cálido y olor a suavizante, como a flores de mentira. Mamá, Eco y yo nos quedamos boquiabiertas cuando de pronto nos topamos de frente con un cuadro enorme, de más de un metro de alto por dos de ancho, que representa a una mujer vestida con una bata reclinada en un sofá. Aunque en realidad no es una pintura, o al menos no se ve ni rastro de pintura en él. Toda la superficie está cubierta de recortes de periódico pegados, y los trozos con más tinta negra se han colocado de manera que tracen la forma del dibujo. La silueta roja del sofá está delineada con la tinta roja de anuncios de periódicos. Parece como si el sofá y la mujer reclinada trataran de absorber toda la superficie del lienzo.

En conjunto resulta impresionante. Mamá se apoya en papá y lo rodea con un brazo.

—Me trae muchos recuerdos —murmura.

En este momento me siento orgullosísima de mis padres por el vestido y este cuadro enorme hecho de recortes de periódicos. Quizá no ganen tanto dinero como otros padres, pero son capaces de crear estas cosas.

—Solo me falta darle una mano de pintura acrílica transparente y estará listo para entregar —dice papá.

Mete la llave en la cerradura de un trastero que tiene una pegatina con nuestro número de piso, 3A. Abre la puerta y descubre un pequeño armario lleno de material artístico: latas de yeso y pintura, botes de pintura, rollos de lienzo y tubos de pegamento. Todo parece viejo.

—¿Lo has tenido aquí guardado todo este tiempo? —pregunto.

Papá se vuelve y me sonríe.

—Sí. Y lo he tenido abandonado demasiados años.

Miro a papá y a mamá y los imagino cuando eran una joven pareja, viviendo en un miniestudio en el Village y pasando hambre. Me doy cuenta de por qué les parece tan romántico recordarlo. Y es que a mí también me parece romántico.

De noche, al terminar los deberes, subo a mi litera sin hacer ruido para no despertar a Eco. Pero su voz suena en la oscuridad.

—¿Ele?

—¿Sí?

—¿Aún sigo siendo yo?

Espero a que complete su pregunta, pero no dice nada más.

—Pues claro.

—Se me ve diferente y me siento diferente y ya no puedo hacer nada de lo que hacía antes.

Me asomo por el borde de la litera y la miro. Tiene la vista clavada en mi colchón y el ceño fruncido.

—Sigues siendo mi hermana pequeña —explico—. Sigues haciéndome reír.

Espero que sonría al oír mis palabras, pero no lo hace, así que le pregunto:

—¿No estarás nerviosa por la fiesta solidaria de mañana?

Se enfurruña aún más.

—¿Está todo el mundo furioso conmigo porque mi cáncer esté saliendo tan caro?

Me quedo impactada.

—No. —Bajo la escalerilla—. Lo más importante para todos es que venzas al cáncer.

Sigue con la mirada fija en la litera de arriba con expresión triste. Le pongo la mano sobre la cabeza lisa.

—¿Y qué pasa si no venzo al cáncer?

Me golpea como un mazo. Pero me toca ser la fuerte, así que mi rostro y mi expresión no se alteran.

—Eso no va a pasar. Le estás dando patadas en el culo al cáncer porque estás haciendo todo lo que te han mandado los médicos. Sigues todos los tratamientos y comes alimentos sanos y tienes una actitud increíble. Cuando el cáncer te ve reír y hacer el ganso, lo único que quiere es echar a correr y esconderse.

Eso la hace sonreír.

—Bien. Porque no quiero morirme.

Resulta dificilísimo seguir sonriendo al oír estas palabras, pero me obligo a hacerlo. En un rinconcito de mi corazón sé que es consciente de la envergadura de su empresa, del tamaño de la bestia a la que está enfrentándose. Me lo demuestra cada dos por tres.

—Algún día, en un futuro muy lejano —la tranquilizo—. Pero esta noche, no.

—Antes quiero ser dibujante de viñetas y tener un bulldog francés y ser madre y quiero ser tía cuando tú tengas hijos. ¡Y después quiero ser abuela! —Se echa a reír.

Sonrío.

—¡Esa risa! El cáncer acaba de huir del edificio.

—¡Pues echa el pestillo!

Más risas.

Le doy un beso en la frente y trepo de nuevo a mi litera. Tumbada bocarriba, pienso en cuánto más valiente y cuánto más fuerte se ha vuelto. Pienso en cómo explicárselo todo, que sigue siendo la misma Eco, aunque ahora sea una princesa guerrera. Pero cuando la miro de nuevo tiene los ojos cerrados y una respiración rítmica.

Al salir de clase al día siguiente, voy al Distrito de la Moda a hacer recados para mamá. El Distrito de la Moda es una zona de Manhattan donde se vende todo lo que puedan necesitar los diseñadores de ropa. Puede haber una tienda que solo vende boas de plumas al lado de otra que vende únicamente lamé dorado. Entro en una tienda de botones y luego en otra de cremalleras, ambas cosas para la colección de vestidos para quimioterapia de mamá. Sigue teniendo mucho trabajo, lo que significa que ya no tengo tanto miedo a la posibilidad de quedarnos en la calle, pero que también significa que el hogar que ahora tenemos, sobre todo el salón, está abarrotado con tres o cuatro maniquís con vestidos en proceso de confección, como si fueran invitados sin cabeza en una fiesta aburrida.

De camino a casa, las cosas que he comprado para mamá no pesan nada, pero la mochila llena de libros está haciéndome polvo. Espero encontrar un ratito de descanso antes de la fiesta solidaria en la galería de la señorita Número Uno de esta noche.

Cuando me bajo del metro en la estación de Washington Square, oigo el piano. Hace mucho tiempo que no piso esta estación; cuando Eco estaba en el hospital, veníamos todos los días. Con Eco en casa apenas nos hemos aventurado a salir del barrio, así que llevo bastante tiempo sin ver al pianista.

Tengo que pasar por delante de él para dirigirme a la escalera. Lleva una chaqueta de punto desabrochada de color verde hoja sobre una camiseta con una viñeta. Se ha recogido el pelo rubio ceniza en una coleta. Aunque mi primera intención fue pasar a toda prisa antes de que le diera tiempo a reconocerme, me sorprendo caminando a paso lento.

—¡Hola! —exclama, dando un golpe enérgico a las teclas—. ¡Cuánto tiempo sin verte!

Me he detenido a unos tres metros.

—Cuánto tiempo sin escucharlo.

Se hace a un lado en el banco.

—Me debes un dueto.

Sonrío con timidez. Me vendría bien sentarme. En el tren no había asientos libres y me he recorrido a pie todo el Distrito de la Moda. Así que me siento en el banco, a su derecha.

Toca cuatro notas rápidamente.

—Si no recuerdo mal, me dijiste que tenías algún problema con la mano izquierda.

—Sí.

—Bueno —dice, y me da una palmadita en la espalda—, te presto la mía encantado. Yo toco con la izquierda y tú con la derecha. ¿Te parece bien?

—Es posible —contesto—. Podemos intentarlo.

—La última vez que nos vimos me pediste «Todo me pasa a mí».

—Tiene buena memoria.

Sonríe.

—Bueno, no todos los días me pide una pieza de ese nivel una estudiante de secundaria. ¿Quieres que la toquemos al estilo de Thelonious Monk?

Sonrío.

—Usted la toca al estilo de Monk y yo la tocaré como una estudiante de primero de ESO cuya formación ha sido un poco irregular.

Me da un codazo suave.

—Toca la melodía con tu mano derecha y mi mano izquierda se ocupará de la armonía.

Suspiro. No es un suspiro triste ni de cansancio. Es más bien el suspiro de alguien que está a punto de desvelar que algo se le da de pena.

Mi mano derecha se posa sobre el teclado. Ataco una nota, la primera. El Hombre del Piano hace lo propio con su mano izquierda, pero tras esa primera nota se hace el silencio.

—Inténtalo de nuevo —dice—. Pero esta vez no pares. Y recuerda que no tiene por qué salir perfecto. Tú sigue tocando hasta el final, pase lo que pase.

—Sigue tocando hasta el final —repito. Casi suena como un mantra contra el cáncer—. Pase lo que pase.

Extiendo los dedos. Ataco la primera nota y continúo con la siguiente.

El Hombre del Piano está junto a mí. Me sorprende la sensación de tenerlo a mi lado, firme y siguiendo el compás. Es como si soñara que sé tocar bien.

Seguimos tocando. Nunca había llegado a esta parte de la canción y ni siquiera me la sé demasiado bien.

Somos dos partes de un todo. Me río, porque ahora lo entiendo. Entiendo por qué la gente toca en grupos, por qué improvisa. Pero también entiendo que dos cerebros en un mismo instrumento es algo muy distinto. Como si fuésemos hermanos siameses.

Mientras continúo tocando, siento que mi corazón se ensancha. Como si fuera a estallar. Me saca del apuro incluso cuando meto la pata y suena genial.

Por fin nos acercamos al final. Es como si me viera a mí misma caminando sobre un alambre y a punto de llegar al otro extremo. Lo único que quiero es recorrer a toda prisa los últimos pasos, pero él evita que cambie el ritmo, que me precipite.

Entonces llegamos. Se inclina hacia mí, me desplaza hasta el extremo del teclado y en mi interior oigo cómo Monk termina esta pieza. Toco la última tecla de la derecha, el do más alto, una vez, tres veces en una rápida sucesión. Suena totalmente desafinado.

Cuando levanto la vista del teclado, me siento como si hubiera subido tan alto como esa última nota. Cinco o seis personas se han acercado a escuchar, lo cual no ocurre casi nunca —lo de pararse a escuchar en hora punta—, y empiezan a aplaudir. Algunos echan unas monedas en el tarro y luego retoman su camino hacia el tren para volver a casa, a sus gatos y a sus cenas. Me vuelvo hacia el Hombre del Piano, que me mira a los ojos con un entusiasmo incontenible que sé que yo también demuestro.

—¡Ha sido divertidísimo! —exclama—. ¡Has estado genial!

—¡Gracias! ¡Usted también!

Es agotador estar tan eufórica. Y me siento un poco rara experimentando tanta felicidad.

—Tengo que volver a casa —anuncio al tiempo que me levanto del banco.

—Espera.

Rebusca debajo del banco hasta sacar un pequeño saco de tela que coloca encima del tarro de las monedas. Después da la vuelta al tarro para vaciarlo en el saquito. Tira del cordón para cerrarlo bien y me lo ofrece.

—Para los gastos médicos de Eco.

Mi mente hace un recorrido rápido por la historia de mi familia con el Hombre del Piano.

—¿Cómo sabe lo de Eco?

Se estira hacia la derecha y toca el do más alto.

—Vivo en tu barrio. Incluso en una ciudad tan enorme como Nueva York, si permaneces sentado en el mismo sitio el tiempo suficiente, las caras empiezan a hacerse familiares. Os recuerdo subiendo juntos al tren, pero ahora solo venís tú y tus padres. Pero he visto la cara de Eco en los tarros de la tienda de la esquina. En las demás tiendas. ¿Cómo podría no admirar la fuerza de una niña como ella? O de una chica como tú, que viene aquí por ella todos los días.

No puedo creer que me incluya a mí también.

—Eso significa mucho, viniendo de un hombre que arrastra su piano a todas partes.

Golpea el re más bajo con un dedo.

—Eso no es nada.

—No sé qué decir. —Noto que se me ensancha el corazón como cuando estábamos tocando juntos—. Gracias.

Sonríe.

—Gracias a ti. Por escuchar mi música. Por pararte y atender. Tú eres mi público, y así logro ganarme la vida tocando el piano. ¿A que mola?

Toca una cancioncilla con la mano izquierda y con la derecha me saluda llevándosela a un sombrero imaginario.

—¿Cómo se llama? —pregunto.

—Eddie Tren-A —responde, tendiéndome al mano.

—Ele.

Se la estrecho. Tiene los dedos largos y mi mano desaparece entre ellos.

—¡Ah, como el tren elevado que cruzaba Nueva York! Ese podría ser tu nombre artístico. Ele Tercera Avenida.

No tengo ni idea de qué está hablando. Y además vivimos entre la Sexta y la Séptima, pero esbozo una sonrisa.

—Gracias por todo —insisto, aunque suene terriblemente inapropiado—. ¡Espero volver a oírlo pronto!

—Sigue practicando, Ele Tercera Avenida. Y volveremos a tocar juntos, ¿de acuerdo?

—De acuerdo —respondo. Y sé que lo digo convencida.

Luego Eddie Tren-A coloca las manos sobre el teclado, hace un gesto con la cabeza y me despide con «El lado soleado de la calle».

Es la canción perfecta para este momento. Exactamente lo que necesitaba.

Lo oigo cuando subo la escalera hacia la salida. Lo oigo cuando salgo al mundo exterior.

Lo oigo por encima de las bocinas de los taxis y de los coches que recorren la Sexta Avenida en dirección norte.

Lo oigo durante todo el camino a casa.

14

POR FIN LLEGA la hora de la fiesta solidaria y Eco ni siquiera puede asistir. No puede porque tiene 38,6 de fiebre.

Lo descubrimos cuando nos estamos arreglando. Mamá le dio un beso, se apartó con expresión preocupada y le puso la mano en la frente. El termómetro dio el veredicto final. Así que ahora Eco estrena su precioso vestido rosa de fiesta –que mamá le ha hecho expresamente para la ocasión– para ir a urgencias.

Es el maldito protocolo.

Va a haber varios cientos de personas abarrotando la galería. Todo está pagado, todo el mundo estará ya de camino. Así que papá y yo seremos los embajadores del dolor. Mamá y Eco serán las que tengan que conformarse con perdérsela.

Papá y mamá me han pedido que diga unas palabras a los asistentes al evento solidario. Creen que me vendrá bien. Y ahora estoy repasando y modificando mi discurso mientras papá y yo vamos en el taxi desde la sala de urgencias hacia la fiesta en el SoHo. Tacho la frase «¿A que Eco está preciosa con su vestido rosa de fiesta?».

Cuando llegamos a la galería, vemos que la fachada ornamentada con hierro forjado está adornada con hileras de luces amarillas. Todo muy festivo. Me pongo triste al pensar lo feliz que estaría Eco al verlas.

—Acuérdate de sonreír —me dice papá al bajarnos del taxi—. Queremos que todo el mundo vea lo agradecidos que estamos.

La fiesta está ya muy animada. Hay una foto enorme de Eco en una de las paredes, además de reproducciones ampliadas sobre lienzo de algunos de sus dibujos, que mamá le dio a la señorita Número Uno. Han quedado genial a esa escala.

También hay pinturas de todos los tamaños realizadas por más de veinte artistas distintos. Están representados todo tipo de estilos y de temas, en lienzo y paneles, al óleo y con pintura acrílica, figurativas y abstractas. Entonces veo la obra de papá. Le agarro del brazo y lo arrastro hasta ella.

Colgada en la pared y con buena iluminación, en lugar de en el sótano sombrío y con el olor a suavizante de la lavandería, parece aún más impresionante. La observo hasta empaparme de ella, luego me vuelvo hacia papá y sonrío. Estoy muy muy orgullosa de él. Y él parece orgulloso de sí mismo.

Después me acerco para mirar la cartela que hay en la pared junto al cuadro. El precio que puso –mil dólares– está tachado y en su lugar pone dos mil dólares. Justo a continuación hay un puntito rojo.

–¿Qué significa ese puntito rojo? –pregunto.

Papá aparta la vista y se fija en la cartela. Entorna los ojos y se acerca.

–Pues significa que alguien lo ha comprado. Y parece que han doblado el precio.

–¡Qué guay!

Hace un signo de asentimiento.

–Es más que guay. –Luego se vuelve hacia mí–. He estado pensando. No sé si quiero sacar un máster y dar clase a universitarios. Ni siquiera creo que a esa edad haya nada que enseñar.

Frunzo el ceño.

–Entonces, ¿qué piensas hacer?

Se vuelve hacia al cuadro y abre los brazos.

–Esto –dice sonriendo–. Ya lo hice antes y puedo volver a hacerlo. –Después se gira hacia mí y susurra–: Y enseñar a niños pequeños cómo sujetar un pincel.

Sonrío, porque sus palabras me han alegrado. También me asustan, pero sobre todo me alegran.

Me cuelgo de su brazo y empiezo a buscar puntos rojos en las cartelas con los precios. Están por todas partes. Hay más cuadros con el puntito rojo que sin él. Casi siempre los precios son aún más elevados que el del cuadro de papá. Me da vértigo pensar en la cantidad de dinero a la que asciende.

Llegamos hasta un maniquí desnudo delante de una pared. Se supone que el maniquí debía lucir el vestido que ha hecho mamá, pero el punto rojo de la etiqueta muestra que ya lo han comprado. ¡Cinco mil dólares por un vestido! Es más de lo que toda la familia gastamos en ropa en un año. Estoy muy orgullosa de mamá. Era una preciosidad, y bien vale lo que han pagado por él. Exclusivo, confeccionado a mano en Manhattan por mi increíblemente talentosa madre. Espero que le haya sacado alguna foto.

La música ambiente es *Canciones para la lucha de Eco*, la recopilación que hizo Octavius y que papá le pasó a la Señorita Número Uno a sugerencia mía. La música llena el enorme espacio hasta los techos altísimos.

Nos ve Gwen, la propietaria de la galería. Lleva unos tacones ridículamente altos y un collar de perlas enormes sobre una camiseta roja del Equipo Eco y una falda negra de cuero. Me da un abrazo y uno de esos falsos besos en la mejilla en los que solo se besa al aire, y hace lo mismo con papá. No me separo de él mientras deambulamos entre la multitud saludando a la gente y dándoles las gracias.

Hay camisetas del Equipo Eco por todas partes, combinadas con ropa carísima de alta costura. Las lleva gente desconocida y gente que me resulta familiar, también gente a la que estoy segura de no haber visto en mi vida. Está claro que Octavius ha estado conspirando a mis espaldas. Pero puedo soportar esta clase de conspiración.

La gente con la que hablamos nos pregunta cómo está Eco y les damos la mala noticia. Muchos rostros radiantes y felices se convierten en semblantes de desilusión. Pero la moral colectiva se mantiene alta.

Luego la música se atenúa hasta enmudecer y se oye el sonido de unos golpecitos en un micrófono. Una voz femenina que me suena mucho inunda la galería:

—Buenas noches.

Sobre un pequeño escenario se halla una mujer que lleva tacones, gafas de sol Wayfarer y… ¡el vestido de mamá! Desde luego tiene el tipo perfecto para lucirlo y está impresionante.

—Había una vez una joven pareja que vivía en un estudio del Village sin apenas luz ni espacio para moverse. El chico era pintor, la chica diseñadora de moda. Pese al poco dinero que manejaban, creaban obras de arte que llenaban de sentido nuestra existencia, que de otro modo habría sido muy triste.

Entonces caigo en la cuenta. La mujer que lleva el vestido de mamá es la señorita Número Uno. Pero o se ha teñido el pelo de azul, o se ha puesto una peluca.

—Mientras vivían y creaban, conocieron a más gente como ellos. Gente que se ganaba la vida con su arte.

Adopta una pose dramática como si estuviera reaccionando ante un lienzo que acabara de pintar. O como si retrocediera unos pasos para admirar un maniquí vestido con un nuevo diseño. No cabe duda, es la señorita Número Uno.

—Cada vez que había que recaudar fondos para algo, sabíamos que se podía contar con ellos. Donando un cuadro para ayudar a comprar material artístico robado. Donando un vestido para ayudar a alguien que estaba a punto de ser desahuciado de su apartamento. Lo hacían a menudo y sin dudarlo.

Miro a papá. No sabía esto de mis padres.

—Grace hace unos vestidos que quizá sean un poco alegres para mi gusto, pero aun así he entregado mi sueldo de tres semanas para ayudar a su hija. Y estoy espectacular, ¿o no?

El público aplaude y la aclama. Me oigo a mí misma silbar, me veo aplaudir con energía mientras la mujer gira en el escenario como hacen las modelos.

—Tate aún no ha aprendido a dibujar, pero plasma sus temas con un estilo que quita el hipo, ¿o no?

Los asistentes estallan en aplausos cuando la mujer señala el cuadro de papá, que se ríe y saluda con una leve inclinación.

—Yo doy clase a su hija mayor, Ele. —Me mira directamente, curiosa—. ¿O es ella quien me da lecciones a mí? Hace unos trabajos que merecen que se la siga estimulando.

El público prorrumpe en vítores cuando la mujer señala un cuadro en el que no me había fijado. ¡Es el que hice de Eco en su sesión de quimioterapia! O, mejor dicho, mi dibujo reproducido a mayor escala en una serigrafía enorme.

—¡Y admirad el arte de Eco! Es la expresión personificada.

Suena una ovación por parte de los asistentes cuando la señorita Número Uno señala una reproducción ampliada en serigrafía del dibujo de *Te echo de menos, pelo* que hizo mi hermana.

—Esta niña, y esta familia, son algo por lo que vale la pena luchar. ¡Ayudémoslos a sobrellevar su carga!

Entonces se quita la peluca azul y se la lanza al público. Se ha afeitado la cabeza.

—¡Esta familia merece nuestro sacrificio!

Los asistentes se vuelven locos. La mujer se baja del escenario como si fuera una modelo de pasarela y se dirige a la mesa llena de copas de vino.

No puedo creerme lo que acabo de presenciar. No puedo creerme nada de lo que está pasando.

Gwen, la dueña de la galería, sube al escenario y se inclina ante el micrófono.

—Y ahora, por favor, demos la bienvenida a Ele, la hermana mayor de Eco.

Ensordecedora salva de aplausos. ¿Qué he hecho yo para merecer una salva de aplausos?

Me da pánico acercarme al micrófono a ganármela. Pero papá me anima con un golpecito en la espalda.

Ajusto el micrófono y lo inclino hacia mí. De pronto me siento incómoda con mi vestido de fiesta, que me parece frívolo, así que intento esconderme todo lo que puedo detrás del podio. Pero todas las miradas están puestas en mí.

Los aplausos enmudecen.

—Hola.

Mi voz suena rara por los altavoces. Unas cuantas personas muy animadas contestan al saludo.

—Como algunos de ustedes ya saben, Eco no ha podido venir esta noche.

Doy al público unos instantes para reaccionar. Suspiros y lamentos solidarios.

—Es una auténtica pena. Así que hoy se ha puesto un vestido de fiesta rosa y una preciosa diadema con un lazo, pero está luciéndolo en urgencias, porque tiene 38,6 de fiebre.

Un brazo se agita al fondo del público. Es Octavius. Esbozo una media sonrisa y levanto la mano para saludarlo con timidez.

—Hola, Octavius. Gracias por traer las camisetas.

Casi me da la risa al decir estas palabras. Los asistentes aplauden.

—Bueno, el caso es que a Eco le hacía mucha ilusión verlos y agradecerles todo lo que han hecho por ella y por nuestra familia, pero van a tener que conformarse con la hermana de Eco.

Miro el papel que tengo en la mano con el discurso preparado que llevo aferrando toda la noche. Lo desdoblo como puedo y empiezo a leerlo frente al micrófono.

—El día que Eco ingresó en el hospital fue el primer día de clase. Antes de ir a verla al hospital, papá y yo compramos comida china que cenamos en casa. Yo tenía curiosidad por romper mi galletita de la suerte con el deseo de que me dijera que todo iba a salir bien. Pero cuando la abrí, la tirita de papel estaba completamente en blanco.

Desenrosco el tapón de la botella de agua que llevo en la mano y bebo un pequeño sorbo.

—En aquel momento me llevé un disgusto y la sensación de que estaban engañándome. Así que pregunté a mi padre qué decía su galleta de la suerte, pero no era ningún augurio. Solo un recordatorio de que el restaurante prepara comidas por encargo.

Unos cuantos asistentes se ríen.

—Al volver a pensar en ello, creo que el vaticinio de mi galleta estaba en blanco porque no hay manera de que todo lo que va a pasarte pueda condensarse en un papelito tan pequeño. O porque, aunque me lo dijera, no podría creérmelo ni lo entendería.

Bebo otro sorbo de agua y me aclaro la garganta.

—¡Ele!

Es Maisy, agitando los brazos mientras se abre paso entre el público con su madre pisándole los talones.

—¡Hola, Maisy!

La saludo con la mano y le lanzo un beso. La observo unos instantes y siento que es maravilloso que vuelva a ocupar un lugar en mi corazón. Devuelvo la vista al papel.

—No sabía lo fuerte que era Eco. No sabía lo divertida que era ni lo mucho que la quiero. Ni lo muchísimo que iba a echarla de menos mientras duró su estancia en el hospital. Tampoco cuánto iba a aprender de ella. He aprendido un montón de cosas. Sobre todo, que no ha permitido que el cáncer le impida seguir siendo una niña. Intenta divertirse todo lo que puede. Siempre.

Bebo otro sorbo de agua.

—No sabía lo creativa que era mi madre. Ni lo intenso de su amor por Eco y por mí. Ni que mi padre nos antepone a todo lo demás.

Frunzo el ceño para combatir las lágrimas.

—Pero lo que más me ha sorprendido son ustedes. No sabía lo maravillosa que podía ser la humanidad. Eco se ha enfrentado a todo con enorme valentía y nos dijeron que era porque contaba con el respaldo de una familia fuerte. Pero solo hemos podido ser tan fuertes porque han sido todos ustedes los que nos han llevado en volandas.

Me seco los ojos con el envés de la mano.

—Sus plegarias, sus buenas vibraciones, sus deseos de que se curase, sus talismanes, su cariño. Sus colectas solidarias. Sus regalos. Ni siquiera nos dejaron pagar los helados.

Se me quiebra la voz. Espero a recobrar la compostura antes de seguir hablando:

—Nos han preparado comida que luego nos traían a casa. Incluyendo el *daal* más increíble que he probado. No puedo dejar de pensar en ese *daal*.

Se me escapa una risita nerviosa sin querer. En serio, no se me va ese *daal* de la cabeza.

—Nos dijeron que éramos buena gente y que siempre habíamos sido muy apreciados en nuestra comunidad.

Nos dijeron que era el karma, que nos devolvería todo lo que habíamos dado. Dijeron cosas tan bonitas de nuestra familia que llegué a preguntarme si todas serían ciertas.

«Lo son», dice al unísono parte del público. No veo a la gente que tengo delante porque no soy capaz de mirarla.

—Cuando nos comunicaron el diagnóstico de Eco, a mi padre se le ocurrió un eslogan para recordarnos que tendríamos que cuidarnos los unos a los otros. «Todos para uno, cuatro para uno». Al principio me pareció ridículo y un poco cursi, pero luego empecé a darme cuenta de lo importante que era para los cuatro comer sano y dormir bien, y hacer ejercicio y reír y ayudarnos a levantarnos cuando uno de nosotros estaba decaído.

Bebo otro sorbo de agua.

—Pero ninguno de nosotros podía imaginar hasta qué punto todos ustedes nos ayudarían a llevar esta pesada carga. Así que: gracias. Gracias por querernos. Gracias por levantarnos el ánimo. Gracias por todo.

Alzo la vista y hago un esfuerzo por distinguir las caras a través de mis lágrimas.

—En este momento me siento privilegiada por pertenecer a esta especie y a esta comunidad. —Hago un gesto con el brazo que pretende abarcar a todas estas maravillosas personas que veo borrosas—. Y me siento increíblemente orgullosa de ser la hermana de Eco.

Levanto la botella.

—Por la humanidad.

—¡Por la humanidad! —corean los asistentes con las copas en alto. Es impresionante.

—¡Por Eco! —exclama alguien.

—¡Por Eco! —resuena un eco mucho más potente. Es aún más impresionante.

Después, sonriendo, vuelvo a inclinarme ante el micrófono.

—Puede que aún falten veinte años o más, pero estoy segura de que a Eco no le importará que les diga que están todos invitados a su boda.

Todo el mundo se ríe. A continuación, todo el mundo aplaude cuando me bajo del podio y veo a mi padre, que lleva todo el tiempo allí de pie. Está radiante, me sonríe. Sube al podio y se inclina sobre el micrófono.

—Me hago eco del sentir de Ele.

Todo el mundo vuelve a reírse, luego papá hace un gesto con el pulgar hacia arriba en dirección a la mujer que se ocupa de la música. Suena «Pasión por la vida» en los altavoces, le doy la mano a papá y lo llevo hasta la pista, donde bailamos juntos tal como haremos en mi boda, y tal como hará con Eco en la suya.

Por la noche, ya en la cama, tengo la vista clavada en las estrellas que brillan en el techo, sobre mi cabeza. Oigo abrirse la puerta de casa y a papá saludar en voz baja a mamá y a Eco, que vuelven de urgencias. El protocolo habitual es inyectar antibiótico a través del reservorio, esperar hasta que baje la fiebre y a continuación mandarla para casa, sea la hora que sea.

Oigo el lavabo del baño y el cepillo de dientes eléctrico, después la luz del pasillo se filtra en la habitación cuando entra Eco. Se deja caer en la cama con un gemido.

Me inclino sobre el borde y la miro.

–Buenas noches, Eco.

Tiene los ojos abiertos, pero no dice nada. Es perfectamente normal que esté demasiado cansada o irritable como para darme las buenas noches.

Giro sobre mí misma en la litera. No es justo que sea yo quien aún sienta el brillo del cariño de la gente, de la diversión de la fiesta. Debería ser Eco quien lo experimentara.

Miro furiosa las estrellas fosforescentes y pienso en lo despiadado que puede llegar a ser el universo. Está lleno de gente buena y cariñosa, pero el universo no tiene corazón ni sentido de la justicia. Me quedo pensándolo hasta que penetra en lo más hondo de mi ser. Entonces me incorporo y bajo la escalera. Dirijo una mirada a la silueta de Eco dormida, contemplando el movimiento de su respiración a la luz del despertador.

Después salgo del cuarto sin hacer ruido.

Primero entro en el salón. Abro el armario que hay cerca de la puerta y en la penumbra distingo el teclado, casi escondido de costado detrás de una caja de libros. Aparto los libros, saco el teclado, lo coloco sobre las patas desplegadas delante de una estantería y lo enchufo a la corriente. Bajo el volumen y toco el do más alto una vez, dos, tres veces en rápida sucesión. Suena casi tan mágico como cuando toqué con Eddie Tren-A.

No pienso permitir que vuelva al armario.

Lo apago y entro en el baño. Me quedo mirando mi imagen reflejada en el espejo. Miro mi melena larga y oscura. Me paso los dedos por el pelo.

Luego abro el cajón.

Saco las tijeras, dejo la cabeza colgando hacia adelante sobre el lavabo y me recojo el pelo con una mano. Me lo corto lo más próximo que puedo al cuero cabelludo. Es más difícil de lo que imaginaba.

Cuando termino, levanto la cabeza y me miro al espejo. Ahora tengo el pelo corto y revuelto, irregular, como si a la persona que me lo hubiese cortado le hubiera dado un ataque de estornudos mientras lo hacía. Lo tengo igual que mi muñeca cuando se lo corté a los cinco años.

No es lo que se dice estiloso. Ni siquiera tipo *punk*.

En la cocina, busco una bolsa con autocierre para congelación y guardo mi pelo en ella. Que se convierta en peluca para alguna niña que esté tratándose con quimioterapia y eche de menos su pelo. Puede utilizar el mío.

La dejo en la encimera de la cocina y vuelvo al baño, saco la máquina de cortar el pelo del cajón y la enchufo. La enciendo y empiezo a raparme el pelo que me queda, hacia adelante y hacia atrás, palpando la cabeza con la mano libre. Recojo el pelo que ha caído en el lavabo, lo tiro al inodoro y acciono la cisterna.

Finalmente, vuelvo a mirarme al espejo.

Me veo rara, pero, si se me permite decirlo, también guapa. Parezco un personaje de película de ciencia ficción. También me parezco a Eco.

Es como si me hubiera convertido en su mejor compinche. Pero podría haberme convertido en cosas peores.

Me quedo un rato contemplando mi imagen. Después apago la luz y vuelvo a subir a la litera.

En la oscuridad, sonrío al pensar cómo he hecho que el universo sea un poco más justo, un poco más razonable. He hecho que la balanza se incline a favor del más débil.

Las estrellas pintadas en el techo me miran con admiración.

15

A PESAR DE lo maravilloso que fue el viernes –con Eddie Tren-A y la fiesta solidaria–, cuando recorro los pasillos de la academia el lunes por la mañana me siento más que nunca como una inadaptada social. Para mí ha sido un lugar hostil desde el primer día, pero hoy siento con más fuerza que nunca la impresión de que todos me observan. O de que hacen esfuerzos desesperados para no mirarme. Cuando paso a su lado, dejan de hablar. Se me quedan mirando o apartan la vista cuando aparezco.

Mi flamante cabeza calva está oculta bajo un gorro de punto. No me hace demasiada ilusión enseñarla.

Una parte de mí desearía no habérmela afeitado. Eco se rio. Tampoco es que se deshiciera en muestras de agradecimiento. Pero ¿por qué iba a hacerlo? Es como si me hubiera castigado a mí misma por no tener cáncer.

Justo antes de llegar al aula del señor D, ya estoy más que harta. Un chico al que no conozco se queda mirándome como si fuera una atracción de algún circo de monstruos.

—¿Qué? —le espeto, devolviéndole la mirada al pasar junto a él.

Se vuelve hacia su taquilla abierta.

Entro con paso cansado en la clase del señor D y me dejo caer en mi sitio habitual de la primera fila. El hombre me sonríe sentado en el borde de su mesa y hago un leve movimiento con una de las comisuras de la boca por toda respuesta.

Reina un extraño silencio mientras todos van ocupando sus sitios. Quizá estén nerviosos por las notas de los trabajos. Yo ni siquiera me acuerdo de cuál era el tema de la redacción.

Cuando suena el timbre, el señor D se baja de la mesa y se acerca a nosotros. Se detiene a un par de pasos de mi pupitre.

—Buenos días, clase. —Está muy guapo con esos pantalones caqui y un jersey azul marino—. Espero que todos hayáis pasado un buen fin de semana.

Empieza a pasear por el aula.

—La tarea era muy sencilla. Escribe un texto en el que la voz narrativa, o el protagonista, experimente una sorpresa. Como clase, habéis hecho un trabajo estupendo. Pero hay uno…

El hombre da la espalda a la clase y saca rápidamente unos papeles de la carpeta que ha dejado encima de la mesa. Sujeta un trabajo grapado con una mano extendida. Sigo la dirección de su mirada para detenerme sobre Sydney, la chica que se sienta a mi izquierda. Está sentada medio hundida en la silla; la chica que se ha quejado cada vez que al señor D le ha gustado mi trabajo, la chica que me vio comiendo un helado con Eco y que, por lo visto, le contó a toda la academia que mi hermana tenía cáncer, con lo cual en lugar de ser invisible ahora me miran como a un monstruo de feria.

Sydney.

Aparto la mirada de mi compañera y vuelvo a posarla sobre el profesor. Sigue sujetando el trabajo ante él con las cejas algo levantadas.

Justo cuando empezaba a fijarme en el zumbido de los tubos de neón del techo, Sydney se incorpora en su asiento y a continuación se pone en pie. Su lenguaje corporal transmite temor mientras se acerca despacio adonde el señor D está esperándola. El profesor le devuelve el trabajo, le da un golpecito de ánimo en el hombro y toma asiento en su silla.

La miro como si estuviera viéndola por primera vez. Casi podía estar contemplándome a mí misma: la misma falda y la misma blusa del uniforme, pelo castaño parecido al mío colgando sobre la cara, ensombreciéndola, que es justo como yo me siento ahora.

Entonces me acuerdo de que ya no tengo pelo. Levanto una mano y me toco el gorrito de punto.

—El primer día que te vi —empieza a leer su trabajo—, pensé que te parecías mucho a mí.

Le tiemblan las manos y las hojas hacen ruido. Para mi sorpresa, no estoy disfrutando con su incomodidad.

—Llevabas la misma ropa que yo, ja, ja.

Es una broma, pero la lee sin expresión. Algunos chicos que se sientan detrás de nosotras se echan a reír.

—Pero luego me di cuenta de que el uniforme te sentaba mejor que a mí. Mucho mejor. Y te odié por ello.

La clase enmudece.

—Te escuché hablar al responder al profesor y pensé que también en eso te parecías a mí. Decías cosas que deseaba haber dicho yo. Y al final me di cuenta de que eras mucho más inteligente que yo, y te odié por ello.

Oigo un chirrido de suelas de alguien que corre por el pasillo.

—Me senté a tu lado. Tenía la esperanza de que te fijaras en mí y quisieras ser mi amiga. Pero nunca levantaste la vista. Nunca me prestaste atención, ni a mí ni a nadie de la clase. Parecías totalmente independiente, muy por encima de las chiquilladas de primero de ESO. Y te odié por ello.

Si no hubiera sido totalmente incapaz de conectar con mis compañeros de clase, quizá podría adivinar de quién está hablando.

—Eras más guapa que yo y más inteligente que yo, y, al contrario que yo, no necesitabas a nadie. Te odié por todas esas cosas.

Se aparta el pelo para sujetarlo detrás de la oreja izquierda y deja visible la mitad de la cara. Tiene huellas de lágrimas en la mejilla.

—Hasta que un día te vi con tu hermana. Era como una versión en miniatura de tu propia perfección. Pero estaba enferma. Muy enferma.

Me dirige una mirada cargada de dolor por encima de las hojas.

Me quedo boquiabierta. Está hablando de mí.

—Allí, en la heladería, junto a tu hermana con la cabecita calva, en lugar de verte como una chica tan perfecta que no necesitaba nada ni a nadie, te vi como un ser vulnerable. Y me odié por ello.

Contrae la cara en un gesto de angustia.

—Vi que tú, la chica a la que admiré y después envidié y odié, sufrías una pena que iba mucho más allá de cualquier cosa que yo hubiera experimentado en mi vida, y me odié por ello.

De pronto me muero de calor y me quito el gorro de lana. Sydney se lleva una mano al pecho.

—Me odié por todo lo que había pensado de ti. Me odié por haberte malinterpretado por completo. Me odié por mi inseguridad. Por mi mezquindad, por mis celos despreciables.

Levanta la vista de su trabajo para mirarme. Es como si el resto de la clase no estuviera en el aula. Como si estuviera leyéndolo solo para mí.

—Al rastrear a tu familia en Facebook, me enteré de lo del cáncer de tu hermana. Seis años. Me enteré de vuestra preocupación por el dinero. Me enteré de lo mucho que cuestan los seguros médicos. De que estabais preocupados porque quizá tendrías que dejar la academia, y Manhattan, y que quizá no tendríais bastante dinero para las operaciones, las estancias en el hospital y toda la medicación. Me enteré de lo durísimo que estaba siendo para toda la familia.

Noto aire fresco en mi cabeza rapada y me doy cuenta de que la he dejado al descubierto con toda naturalidad.

—Os vi en la heladería. Vi que un desconocido os invitaba a helados. Lo vi con mis propios ojos, os vi a ti y a tu hermana, y vi la elegante dignidad con la que aceptasteis la invitación. Vi tarros con su nombre y su preciosa carita en las tiendas y los restaurantes del barrio que habían colocado los dueños de los negocios que os querían.

Se sujeta la otra mitad del pelo detrás de la oreja derecha y me mira directamente a los ojos.

—Yo también tengo una hermana pequeña. Se llama Adelaide.

Sonríe, pero le tiembla la cabeza a causa del llanto. De pronto tomo conciencia de mí misma y estoy segura de que debe de parecer que me he quedado pasmada.

Sydney vuelve a bajar la vista a su redacción.

—A veces hasta las personas más fuertes tienen que soportar una carga demasiado pesada. Quería ayudar, pero solo soy una alumna de primero de ESO a la que por lo visto nada se le da bien. Pero tengo amigos. Y ellos tienen otros amigos. Todos tenemos padres. Y primos en otros estados.

Una enorme lágrima se desprende de su mejilla y aterriza sobre su trabajo.

—En treinta y siete estados. Más en el distrito de Columbia. Y en cinco países extranjeros.

Se seca la cara con el antebrazo.

—Me sorprendió darme cuenta de que recaudar dinero me dejaba la impresión de que no había hecho suficiente. No podía ayudar a librar a tu familia de vuestra mayor preocupación.

Juguetea con el botón superior de la blusa.

—Pero me sorprendió lo maravillosa que puede llegar a ser la raza humana.

«A mí también», le comunico moviendo los labios sin articular sonido alguno.

—Me sorprendió darme cuenta de que no eras quien yo creía que eras. Y me sorprendió ver que te admiraba aún más que antes. Y de que deseaba más que nunca ser tu amiga.

«Yo también».

—Pero no he sido capaz de encontrar la forma de decírtelo.

Deja caer los brazos a ambos lados del cuerpo. Las hojas caen al suelo. Se echa a reír porque no ha sido capaz de encontrar la forma de decírmelo, pero acaba de hacerlo delante de toda la clase. Y todo gracias al señor D por haberle pedido que leyera la redacción en voz alta.

Me levanto de la silla. Me acerco a Sydney y la abrazo, abrazo a esa chica a la que había malinterpretado por completo. Noto que ella hace lo mismo y permanecemos abrazadas unos instantes hasta que alguien empieza a aplaudir entre los pupitres. Ese primer par de manos es seguido por muchos más hasta que toda la clase está aplaudiendo. No puedo separarme de Sydney porque no quiero que todo el mundo vea cómo tengo la cara —estoy tan feliz que seguro que parece que estoy triste— y porque me siento genial al abrazarla.

Por fin me aparto y me seco los ojos. Los aplausos van amainando.

—Deseo sinceramente ser tu amiga, Sydney. Y me siento muy agradecida de tenerte en el Equipo Eco.

Sonríe y mira al señor D. El hombre se levanta de su silla.

—Bueno, ahora que mencionas al Equipo Eco —empieza—, espero que haya sitio en las gradas para unos cuantos más.

Sydney se desabrocha de arriba abajo la blusa azul del uniforme y descubre la camiseta del Equipo Eco que lleva debajo.

¡Octavius!

Sonrío. Percibo un pequeño alboroto y vuelvo la vista hacia el aula. La mitad de mis compañeros de clase, tanto chicos como chicas, están quitándose las camisas del uniforme para mostrar sus camisetas del Equipo Eco. Y el resto sonríe.

Me siento como si estuviera viendo sus caras por primera vez. Las caras sonrientes de todos esos chicos y chicas.

Me muero por conocerlos.

Me vuelvo hacia el señor D.

—Por favor, ¿podemos dar un aplauso a la excelente redacción que ha escrito Sydney?

—¿Habéis oído? —pregunta nuestro profesor, que se

ha quitado el jersey azul marino para dejar al descubierto la camiseta roja–. ¡Un aplauso para la redacción de Sydney!

Todo el mundo aplaude con un entusiasmo por un trabajo académico nada frecuente entre alumnos de primero de ESO.

Sydney está como si le hubiera tocado la lotería. De hecho, acaba de ganar un premio gordo de lotería para Eco. Le doy otro abrazo y a continuación retrocedo un paso y le tiendo la mano.

–Hola, Sydney. Me llamo Ele, pero mi verdadero nombre es Lucero. Encantada de conocerte.

Sydney se ríe con los ojos brillantes y su mano cálida estrecha la mía. Luego usa las yemas de los dedos de ambas manos para secarse las lágrimas.

–Encantada de conocer a Lucero, Ele.

Nos fundimos en otro abrazo.

–Vaya –comenta el señor D–. Este sí que ha sido un momento que supera con creces la media de primero de ESO.

Un par de horas después estoy sentada en la cafetería comiendo con Sydney. Mi nueva amiga. Comparte sus espárragos a la plancha conmigo.

–¡Ah! –exclama, y recoge su mochila del suelo. La abre, saca papel y bolígrafo y escribe un número de teléfono, luego el símbolo del dólar y una cantidad de cinco dígitos–. Este es el número de teléfono de mi madre y esta la suma de dinero que hemos conseguido. Dice mi madre que deberíamos hacer una transferencia a la cuenta de tus padres, así que diles que la llamen, por favor.

Me he quedado boquiabierta.

—No me lo puedo creer. Eres muy generosa.

Hace un gesto con la cabeza como sin darle importancia.

—Es de un montón de gente. Y, por favor, no vuelvas a hablar de ello. Preferiría que ni siquiera pensaras en ello. Las dos remamos en la misma dirección.

La miro a los ojos, luego recorro los altos ventanales de la cafetería con la vista y la miro de nuevo.

—Gracias.

Sonríe y me aprieta la mano.

—Con eso es suficiente.

Octavius se desliza junto a nuestra mesa sin hacer ruido. Me sonríe de soslayo al pasar y le devuelvo la sonrisa. Deja que hoy comamos Sydney y yo solas porque es prudente, bueno y generoso.

Suspiro, doblo el papel por la mitad y lo guardo en el bolsillo de la blusa. Luego alcanzo mi último espárrago compartido y le doy un mordisco. Miro a Sydney, que me mira a su vez. No comento nada sobre el dinero, aunque en este instante ocupa un lugar preferente en mis pensamientos. Luego pienso que no volveré a ser la misma, que nunca seré la misma persona después de todo esto y pienso en la clase de persona que me gustaría ser. La clase de persona que algún día hará esto, o algo parecido, por alguien.

—Bueno —dice Sydney inclinándose hacia mí sobre la fiambrera del almuerzo—, háblame de Octavius.

Sonríe.

—¿Qué? —Noto que estoy sonrojándome—. No hay nada que contar. Es solo un amigo.

Miro hacia el otro extremo de la cafetería, donde está sentado con un grupo de chicos; todos llevan camisetas rojas del Equipo Eco.

—Un amigo de verdad —continúo al tiempo que le aprieto la mano—. Como tú.

16

A FINALES DE noviembre todo está preparado para que operen a Eco y le extirpen el tumor. Ha disminuido considerablemente gracias a las semanas de quimioterapia. Los resultados de los análisis de sangre son buenos. El médico que va a hacer el obturador para sustituirle los dientes y el trozo de paladar que van a tener que quitarle ha firmado un convenio con el Hospital Pediátrico Midtown. El oncólogo ha dado el visto bueno. Papá y mamá han pagado el dinero necesario para que se realice. Oigo a mamá contárselo a mi padre después de recibir una llamada telefónica a las tres de la tarde para decir que no le den nada de comer ni de beber a partir de medianoche. Tiene que ingresar en el hospital a las cinco y media de la mañana.

Mamá prepara ropa para una estancia de tres días, libros para Eco y para ella, y todo aquello de lo que habría deseado acordarse el primer día que tuvieron que quedarse en el hospital cuando recibieron el diagnóstico.

Antes de cenar, papá me prepara el almuerzo para el día siguiente, a pesar de que llevo semanas ocupándome yo. Creo que quiere hacerlo un poco mejor que la otra vez. Me provoca ternura observarlo. También deja preparado el segundo libro de Harry Potter, pues Eco y él ya han terminado el primero. Luego entra en Facebook y pide a todo el mundo que envíen sus mejores deseos.

Eco se baña, se cepilla los dientes —algunos por última vez— y se acuesta temprano.

Cuando por fin me voy a la cama, estoy demasiado nerviosa para quedarme dormida inmediatamente. Me quedo mirando las estrellas del techo. Luego cierro los ojos, cuento hasta diez y los abro. Me concentro en la primera estrella que veo, la primera en la que he puesto los ojos.

Estrella luminosa, estrella brillante,
la primera estrella que veo esta noche,
ojalá pueda, ojalá pudiera
cumplirse mi deseo de esta noche.

Debo de ser bastante supersticiosa, porque ni siquiera me confieso a mí misma cuál es ese deseo.

El despertador suena a las cinco menos cuarto y todo está perfectamente organizado. Papá había programado la cafetera para las 04:40, así que el café está listo para llenar el termo de mamá. Las maletas están preparadas junto a la puerta. Eco se quita el pijama y se pone un traje de invierno muy calentito y mamá se viste con ropa de abrigo para el último día de noviembre.

El taxi estaba pedido para las 05:10 y a esa hora en punto suena el interfono. Papá y yo bajamos la escalera a toda prisa con mamá y Eco, cuando salimos a la mañana fría y oscura nos espera un escenario asombroso.

El rellano y los escalones de la entrada están festoneados con velas colocadas en tarros altos de cristal que resplandecen en la oscuridad previa al amanecer. Hay docenas, alineados hombro con hombro —muchos de ellos con mensajes escritos en trozos de papel— hasta llegar a la acera. Esta conspiración de cariño debe de ser la respuesta a la petición de buenos deseos que papá hizo en Facebook.

—Parece que eres muy popular —comenta el taxista.

Abre la puerta a Eco, pero mi hermana se demora recorriendo los escalones con la mirada una y otra vez, sonriendo a las velas, antes de entrar en el taxi. Mamá se seca una lágrima furtiva y nos besa a papá y a mí.

—¡Suerte! —exclama papá—. ¡Estaré allí en cuanto deje a Ele en la academia!

—¡Suerte! —repito—. ¡Te quiero, Eco!

Después el taxi arranca hacia el otro extremo de la calle.

Por una vez y como excepción, papá me deja llevar el teléfono a la academia. Promete mandarme mensajes para tenerme informada sobre la operación de Eco. Pero parece que lo único que consigue es dar la impresión de que el tiempo pasa más despacio.

Me resulta terriblemente difícil concentrarme durante la clase del señor D y no paro de mirar el teléfono a escondidas cada vez que se vuelve de espaldas. Sydney parece tan ansiosa de noticias como yo. No hace más que dirigirme miradas interrogantes, y yo no hago más que devolverle las miradas y encogerme de hombros.

La espera se prolonga en las clases de matemáticas e historia. Durante la clase del señor Grimm llega un momento en que no puedo aguantar más, así que pido permiso para ir al lavabo para mandarle a papá una línea entera de signos de interrogación. Mientras estoy sentada en la taza sin hacer nada, llega la respuesta de papá:

Todavía en quirófano. Aún no hay noticias.

A la hora del almuerzo me siento con Octavius y Sydney y dejo el teléfono encima de la mesa con la pantalla a la vista. Hablamos de cosas intrascendentes entre bocado y bocado y miradas al teléfono. Estoy a punto de alcanzar otro trozo de zanahoria cuando por fin emite un zumbido y se ilumina la pantalla. Me abalanzo sobre él y me giro sobre el banco de espaldas a mis amigos.

Lo sujeto cerca de la cara y ocultándolo a la vista de los demás con las manos.

Se me llenan los ojos de lágrimas. El mensaje de papá trae todo lo que le había pedido a la primera estrella que vi anoche en el techo de mi cuarto.

Operación perfecta. Creen que han limpiado todo el tumor. Solo han sacado cuatro dientes. ¡Eco va a ponerse bien!

Me vuelvo de nuevo hacia Sydney y Octavius. No soy capaz de comunicarles la noticia. Por el contrario, dejo el teléfono entre los dos para que puedan leer el mensaje. En cuestión de segundos, me abrazan y alborotan sin control, emitiendo todo tipo de sonidos que denotan felicidad. Entonces se hace obvio que toda la academia sabía que hoy operaban a Eco —lo cierto es que casi todo el mundo está en el Equipo Eco—, porque la cafetería entera se pone en pie y empieza a aplaudir, pues al vernos se han dado cuenta de que todo ha ido bien. Prácticamente todos dejan sus asientos para abrazarme por turnos.

«Gracias», musito a mis compañeros. «Gracias».

De pronto, la señorita Número Uno aparece en el umbral al otro extremo de la cafetería. Observa la demostración de felicidad y esboza una sonrisa que estoy casi segura de que no se ha pintado. Levanta una mano con el pulgar hacia arriba y se lleva el brazo a la frente para adoptar una pose de alivio. Luego se da la vuelta y sale con el típico estilo dramático de señorita Número Uno.

Es como si los ventanales de la cafetería se hubieran hecho más grandes, el cielo en el exterior más luminoso. Y cuando se terminan los abrazos y he contestado al mensaje de papá, las zanahorias son más naranjas, la leche de cáñamo está más dulce y la mantequilla de cacahuete sabe igual que en la guardería.

Después vuelvo al baño, me siento en la encimera de los lavabos y lloro. «Gracias». Se lo repito una y otra vez al generoso universo y a quienquiera que me escuche. «Gracias».

17

LA SEMANA SIGUIENTE a la operación de Eco se me hace muy rara. No me di cuenta de lo preocupada que estaba hasta que la tuvimos encima, pero luego, después de que todo hubiera pasado, fue cuando de verdad comprendí lo preocupada que había estado.

Eco tardó varios días en acostumbrarse a su obturador, que es como un paladar azul con cuatro dientes postizos para sustituir a los cuatro dientes de arriba que perdió en la operación. Le encanta quitárselo y enseñárselo a la gente, y cuando lo hace parece una niña de primero de primaria a la que se le han caído los dientes de leche. Y cuando se lo vuelve a poner parece una niña de primero de primaria a la que le han salido los dientes nuevos.

Está volviéndole a crecer el pelo y a mí también, como la sombra de barba de las cinco de la tarde que le sale a papá al final del día. O quizá un poco más largo, como la pelusilla de los melocotones. Me encanta pasar la mano por nuestras cabezas y a Eco también.

El jueves acompaño a Eco y a mamá a la consulta. Los convencí para que me dejasen faltar a clase e ir con ellas. Mamá, que está en modo celebración, dijo que sí.

Estoy sentada junto a Eco en la sala espléndidamente iluminada en esa camilla tan alta pero no lo suficientemente larga cubierta con papel de estraza. Mamá está sentada en una silla frente a nosotras. Se oyen unos golpecitos rápidos de nudillos en la puerta y entra la doctora Sananda. Es ella quien llevó a cabo la operación.

—¡Hola, Eco! ¿Cómo te encuentras hoy?

—Bien. —Eco adora a la doctora Sananda, y la doctora Sananda adora a Eco. Pero mi hermana se hace la dura.

—Bueno —dice la mujer dirigiéndose a mi madre—, los márgenes están perfectos. No hay rastro de células malignas en ninguno de los tejidos analizados, y analizamos una docena. La verdad es que tampoco lo esperábamos. La sangre también está bien. Así que daremos a su sistema inmunológico una semana más para volver a la normalidad, daremos a Eco un poco de tiempo para que se recupere de la operación y la próxima semana empezaremos con la segunda serie de doce sesiones de quimioterapia.

—¿Está de broma? —exclamo sin poder contenerme—. ¿Otras doce semanas de quimioterapia? ¡Creí que había dicho que estaba todo bien!

—¡Ufff! —bufa mi hermana.

Mamá me mira.

—Lo hacen para asegurarse de que no queda ninguna célula cancerosa. —Se vuelve hacia la doctora—. ¿No?

La doctora Sananda hace un gesto afirmativo.

—Eso es. Todo tiene muy buen aspecto, pero este es el protocolo que ha arrojado los mejores resultados.

—Sabíamos que era eso lo que había que hacer —dice mamá, mirándome—. Pero, recordad, siempre hemos procurado no mirar las cosas a largo plazo.

Eco sonríe a la doctora Sananda.

—Y ahora, ¿me puede dar ya la piruleta?

Al salir de la clínica caminamos en silencio.

Otras doce semanas de quimioterapia. Estoy tan enfadada que me dan ganas de gritar.

Pero tengo que seguir siendo positiva. Tengo que dejarme guiar por Eco. Y si ella está decaída, yo tengo que ayudarla a levantarse. «Todos para uno, cuatro para uno».

Estoy harta de ese eslogan. Pero nos ha salvado una y otra vez.

Paramos en un semáforo.

Pasan coches y taxis a toda velocidad.

—¿Mamá? —pregunto.

Me mira desde el otro lado de Eco.

—¿Podemos llevar a Eco a algún sitio divertido?

Me dirige una mirada interrogante.

—¿A qué te refieres?

—Ya me he perdido el día de clase. Para la hora que volvamos estará acabando.

Mi madre mira el reloj y después a algún punto indefinido en la distancia, al otro lado de la bulliciosa calle.

—Tengo que terminar un vestido. Lo siento —murmura como si estuviera a punto de llorar.

—No lo sientas —la tranquilizo—. Gracias por trabajar tanto por nosotros. Todo esto ha sido muy fuerte, pero tú eres aún más fuerte.

Se lleva la mano al pecho.

—Gracias por tus palabras.

—Yo también he sido fuerte —añado—. Y he madurado mucho. Así que... ¿podrías dejarme llevarla a mí sola?

Mamá mira a Eco, luego a mí. Luego otra vez a Eco, que esboza una sonrisa. Es la mejor negociación de la historia. Mamá suspira, después cambia la expresión y trata de sonreír.

—Sí, has madurado. —Descuelga su bolso del hombro (el bolso donde guarda las mascarillas, las toallitas desinfectantes, la espuma desinfectante y el gel desinfectante) y me lo entrega—. Hay dinero en el bolsillo lateral.

—Gracias.

—Tienes doce años —me recuerda.

—Sí.

—Puedes ocuparte de esto.

—Sí.

—No os vayáis lejos. No volváis tarde.

—Vale.

—Confío en ti.

—Gracias.

—Confío en ti.

—Acabas de decírmelo.

—Dale la mano a Eco.

—Lo haré.

—No la sueltes.

—No.

Se inclina y le da un beso en la frente a Eco y después otro a mí.

—Tened cuidado.

—Lo tendremos.

—Desinfectaos.

—Nos desinfectaremos.

Inspira hondo, suelta el aire, sonríe y se da la vuelta para marcharse.

Me giro hacia Eco y sonrío, aunque me dan ganas de matar a las estrellas. Me dan ganas de matar al universo entero por hacerle esto.

Pero quiero a mi hermana.

Paradas en la esquina, la ciudad nos rodea. Es grande y alta y atropellada y ruidosa. Escalofriante y a la vez llena de tanto amor que no soy capaz de entenderla.

Otras doce semanas.

Doy la mano a Eco mientras recorremos la acera. Hago una seña a un taxi, que se me da muy bien porque papá me deja practicar cuando necesitamos uno. Le doy la dirección al taxista en voz baja porque quiero que nuestro destino sea un secreto.

Dejamos atrás Central Park West para enfilar la calle Sesenta y Cinco y cruzamos el parque. El taxi nos deja justo delante del tiovivo.

—¿Vamos a montar en el tiovivo? —pregunta Eco.

—¡Sí!

Su entusiasmo me parte el corazón. Está encantada de haber venido.

Me agarra del brazo y me arrastra todo el camino hasta la taquilla. Supongo que le compraré una pulsera de esas para subirse todas las veces que quiera durante todo el día, si es que las tienen. Así podrá montar una y otra vez y tendrá una pulsera que no sea de urgencias ni del hospital ni del centro de salud. Porque es una niña de seis años, y las pulseras para poder montar todas las veces que quieran durante todo el día son el tipo de pulseras que deberían llevar las niñas de seis años. Son el tipo de pulseras que todos deberíamos llevar.

Hace un día precioso y templado para ser principios de diciembre, así que el tiovivo está abierto. Pero no hay mucha gente, porque es un día laborable y aún no han terminado las clases.

—¿Tienen pulseras para poder montar todo el día? —pregunto.

El hombre de la taquilla niega con la cabeza.

—No, cada paseo cuesta dos cincuenta.

Miro el dinero que tengo en la mano.

—¿Puedo darle todo esto para que mi hermana pueda montarse las veces que quiera?

—¿No vas a montar conmigo? —pregunta Eco.

—No me encuentro bien —respondo. Y es cierto. Me siento rara. Como si fuera a vomitar. Y me siento deprimida. Pero sonrío de todos modos —. Yo te vigilo.

El taquillero observa a Eco, su cabeza calva y su carita de ilusión. Yo también tengo la cabeza calva y me la afeito cada poco para no sacarle ventaja a Eco, pero ya no me preocupa qué pensará la gente al verla. Casi nunca. El hombre sonríe y hace un gesto de despreocupación.

—Anda, sube —dice—. Mi jefe es un capullo.

Eco chilla de alegría y se pone a dar saltos.

—Gracias —le digo.

—¡Gracias! —grita mi hermana.

La sigo y limpio el poni del tiovivo con desinfectante. Limpio el poste que se eleva desde su lomo. Desinfecto todo lo que está a su alcance con tres toallitas.

Después salgo del recinto y me siento en un banco. Comienza a sonar el organillo, el tiovivo se pone en marcha y los ponis pintados se mueven arriba y abajo.

Me quedo sentada en el banco y contemplo a Eco. Sonríe. Grita: «¡Arre, caballo!», como le enseñé hace años. Suelta las manos del poste plateado y brillante y me saluda. Pienso que puede caerse, pero le devuelvo el saludo.

Vuelve a pasar por delante de mí y pone cara de loca. Su linda cabecita calva hace destacar sus grandes y preciosos ojos.

Cada vez que pasa por delante me saluda agitando los brazos. Sin quererlo, me viene a la cabeza que el cáncer puede regresar, que quizá aún siga en su interior, acechando. Pero le devuelvo el saludo.

De pronto se han formado unas nubes y una gota de lluvia cae en mi cabeza calva. Luego otra. Gotas pesadas y ruidosas.

La lluvia se siente de distinta manera cuando se tiene la cabeza pelada, como cuando golpeas un melón con el dedo para ver si está maduro.

Me quedo sentada bajo la lluvia y observo a Eco dar vueltas y más vueltas. En mi mente, cada vez que el tiovivo da una vuelta completa es otro viaje alrededor del sol. Otro año de vida que el universo le concede a Eco, que quizá no siempre sea absolutamente justo, pero que a veces inclina un plato de la balanza por la mínima diferencia.

En mi interior suena la letra de la música del organillo.

No pares, da otra vuelta, sigue girando.

No pares, da otra vuelta, sigue girando.

En ese momento empieza a llover con ganas. La gente echa a correr buscando dónde cobijarse, pero yo me quedo en el banco, empapándome, contemplando a los niños que permanecen secos bajo el refugio del tiovivo.

No pares, da otra vuelta, sigue girando.

Busco en la mochila una gorra roja del Equipo Eco.

No es la gorra más fea que he visto en mi vida.

Me la pongo y le lanzo un beso a Eco cuando vuelve a pasar por delante de mí.

Agradecimientos

Gracias:

Como siempre, al extraordinario Taller de Escritura Central Phoenix.

En particular, a Michelle Beaver y a Anne Heintz por su atenta lectura y sus siempre útiles sugerencias.

Si por desgracia se tiene cáncer, recomiendo el Distrito Histórico de Coronado, los profesionales del Hospital Pediátrico de Phoenix y los círculos concéntricos de amor y generosidad de la comunidad de la que mi familia se ha convertido en centro.

A la mejor agente literaria, Wendy Schmalz, por creer en mi trabajo y por adoptarme como parte de la familia de escritores más encantadora del mundo.

A mi maravillosa editora, Karen Chaplin, y a la directora editorial, Rosemary Brosnan, por apoyar a un novelista en apuros y un libro que fue muy difícil de sacar a la luz.

A las musas, por no darme un año de tregua.

Gracias.

CPSIA information can be obtained
at www.ICGtesting.com
Printed in the USA
LVHW090910300421
685654LV00015B/9